夢見る快楽人形

Ayame Hanakawado
花川戸菖蒲

CHARADE BUNKO

Illustration

水貴はすの

CONTENTS

「――やっと見つけたと思ったら、またこの有様か」

甘く響く低い声が、灰谷《はいたに》響《ひびき》の耳に届いた。ただし、心底呆《あき》れた、といった声音だ。溜《た》め息《いき》が聞こえ、また甘い声が聞こえた。

「死にかけるのが趣味なのか、響は」

（なんで、俺の、名前……誰……）

つい先ほどまで、得体の知れない若者たちから容赦のない暴行を受け、コインパーキングに捨てられた響だ。全身の痛みがひどくて、驚くという感情も働かなくなっている響は、自分を知っている男を純粋に不思議に思った。開かないまぶたを無理やりに開ける。薄く開いた目に見えたのは、夜明けの薄明りでもはっきりとわかる、作り物めいた美貌《びぼう》の男だった。日本語を話しているが、日本人とは思えない顔の造作だ。さりとて欧米人とも違う。黒い髪も、肌の色も、くっきりとした二重でいて切れ長の目も、東洋人のものだ。高く形のいい鼻と男らしい大振りの唇。服装も、スーツなのだろうが、上着はフロックコートのように裾《すそ》が長い。時代がかった服装だ。それでも、瀕死《ひんし》の響が『綺麗《きれい》な人』と思うくらい、すさまじく美しい男だった。

もちろん響はこんな男は知らない。それなのに、男を見て、なぜか猛烈な恐怖を抱いた。

逃げなければならない――。

唐突にそう思った。ヤクザや暴力グループに囲まれた時の怖さとは違う。心が凍りつくほどの恐怖を覚えた。

(どうして、なんで……、やっと見つけたってなんだ、こんな男、知らないのに、怖い……怖い…っ)

逃げたいと心底思った。だがひどく痛めつけられた体は指一本動かせないのだ。ひ、と息を詰めた響に、男はなぜか匂《にお》い立つような笑みを見せ、言った。

「一人では生きていけないと、わかっただろう? さて、もう一度聞いてやろう。ここで、のたれ死ぬか? それとも今度こそ、わたしのものになるか?」

「……」

男の言葉を聞いて、瞬間的に、死にたくない、と響は思った。これまで幸せだったことはない。その代わり、不幸せだと思ったこともない。特になにもない、親からもどうでもいい子供として生きてきたが、だからといって死にたいわけがない。それもこんな理不尽な、嫉《しっ》妬《と》の逆恨みで殺されるなんて、絶対にいやだ。

助けてください――。

そう言いたかったが、声にはならなかった。けれど男は響の心の声が聞こえたように、眉《まゆ》を寄せると、やや不機嫌な表情で言ったのだ。

「きちんと、わたしのものなる、と言いなさい。わたしは響を、ただ助けるつもりはない。わかっているだろう？」

そう言われても、なにがなんだかわかるはずがない。それでも、ここで死ぬのだけはいやだと思った。助かる方法は一つだけだ。響は声が出ないながらも、男の望むとおりに答えた。

あなたのものになるから、だから、助けてください……。

聞いた男は今度は華やかな笑みを浮かべた。

「それでいい。まったく世話が焼けるね、響は。しかし、世話をするのがわたしの務め」

男は楽しそうに、歌うように言うと、響をなんとも軽々と抱き上げた。全身の骨折と、おそらく内臓も損傷しているはずの響は、あまりの激痛に声にならない悲鳴をあげた。

「――‼」

そうして、失神した。

◆1

どしゃぶりの雨に打たれながら、灰谷響は茫然《ぼうぜん》としていた。

「どこだ、ここ……、なんで、俺……」

どうしてここにいるのか、ほんの一秒前までなにをしていたのか、まったく思いだせない。

ずぶ濡《ぬ》れの姿でゆっくりとあたりを見回した。すぐ左手に、高層ビルが建っている。ここはビルの入口広場らしい。目の前に、ビルの中へ続く階段と、今は止まっているエスカレーターが見えた。後ろを振り向くと、下り階段がある。どうやらここは二階か三階になっているらしい。夜間なのであちこちに電灯がついているが、ビルも広場に面した飲食店も閉まっているし、人気《ひとけ》がまったくない。

「何時……」

腕時計を確認すると、三時だ。響はますますうろたえた。深夜三時に、どこなのかわからない場所でずぶ濡れになっている自分……。いったいなにが起きてしまったのか。混乱した響は、ともかくもバイト先に連絡しようと思った。ところが携帯電話がない。

「ケータイもないし、財布もない……」

混乱に動揺も加わって、響はパニックを起こしそうになった。いわゆるカツアゲのような目に遭ったのかと思うが、それにしてはどこも怪我《けが》をしていない。ただ、どこかからポンとこの場に放り出されたように、自分は突っ立っているのだ。

「とにかく店、店に行けばなんとか…っ」

響は背後の階段に向かって、ひどくうろたえながら走った。

十八で実家を飛び出して三年。二十一歳の響は、人から指図されたことには無条件で従ってしまう、無知の従順とでもいうような頼りない男だ。見かけも内面のようにぼんやりとしていたらまだよかったが、実際は真逆で、ゾッとするほど美しい容貌を持っている。今時のイケメンというのではなく、魔性を秘めたという言葉がぴたりと当てはまるような、妖艶《ようえん》な美貌だ。自分というものをしっかりと持っていれば、その美貌を武器にどんな世界であろうと伸《の》し上がれただろうが、響は、なにごとも起こらず、平和に、ただ食べていければいいという希望ともいえない希望しか持っていない。そのため美貌を妬《ねた》んだ人間から、あるいは逆に、美貌に惹《ひ》きつけられた人間から、思いもよらない感情を向けられて、しばしば色恋絡みの問題に巻きこまれていた。

そんな響は東京で暮らし始めて三年になるが、バイト先とアパートを往復するだけの日々を送っているので、自分の生活圏のことしかわからない。ここが都心だということは周りに建つビルの数でわかるが、都心のどこなのかすらわからない。まずは通りに出ることだと思い、階段を駆け下りて、片側二車線の道に出た。改めて周囲を見る。首都高速の高架が見えたので、そちらへ向かい、交差点の道路標識を見て、ここがどこなのか理解した。

「…六本木《ろっぽんぎ》……」

ふと、なにかを思いだしそうになったが、頭の中は灰色の靄《もや》がかかったままだ。第一、六本木など来たこともないはずだ。自分はずっと、歌舞伎町《かぶきちょう》のキャバクラで働いていたのだ。

「地下鉄……、は、乗れない……」

なにしろ財布がない。東京に友達はいないから助けてもらうこともできない。知り合いといえば、バイト先の同僚程度だが、そのバイト先に行けば、自分になにが起きたのかわかるはずだと思い、響は道路標識を頼りに新宿をめざした。東京の地理に疎い響は、六本木と新宿の位置関係も、どれくらい距離があるのかもわからない。けれど歩いていくしかないのだと思い、どしゃぶりの雨で体を冷やしながらも、夢中で新宿へ向かって歩いた。

やっと見知ったあたりにたどりついた時には、夜明けを迎えていた。雨もやっと小降りになっている。時計を確認すると四時半を少し回っていたが、この時間ならまだ店は後片づけで人が残っているはず。そう思い、少し元気が出て、人通りのほとんど途絶えた歌舞伎町に入った。

わりあい大きな雑居ビルの四階に、響が皿洗いの仕事をしているキャバクラがある。店に入る前に、手足や頭を振って、犬のように水滴を落とした。中に入ると、掃除をしていたフロア係の男が、目を見開くほど驚いて言った。

「響⁉　なにおまえ、今までどうしてたの⁉」

「え、今までって、なんか今日、六本木に、…」

「うわ、やめろ、カーペットに水溜まりができるっ、外出ろっ」

「あ、あの、ごめん……」

同僚に店の外へ押し出されたところで、二人の声を聞きつけたのか、奥からマネージャーが飛びだしてきた。

「響だと⁉　おまえ、今さらのこのこ顔出しやがって、なんの用だ⁉」

「すみません、お店休んじゃって、よくわかんないんですけど、…」

「わかんねぇのはこっちだ馬鹿野郎っ、二ヵ月も黙って休みやがってっ！」

「ま、待ってください、二ヵ月って、俺そんなに、…」

「言い訳なんか聞くかっ！　おまえはとっくに首になってんだっ、二度とツラ見せるな、帰れっ‼」

「あの、…っ！」

鼻先で乱暴にドアを閉じられてしまった。茫然とその場に立ち、どうしよう、と小さく呟《つぶや》いた。

「二ヵ月も休んでない、昨日だってちゃんと来たし……、首って、なんで……」

とりあえず、寮として貸し与えられているアパートへ帰ることにした。わからないこと、信じられないことばかりが続いて、どうすればいいのか考えることもできない。ふらふらとビルから外に出ると、カラスがゴミを漁《あさ》っていた。夜明けだった。十五分ばかり歩いて、ラブホテルや雑居ビルの間に隠れるように建っているアパートに帰りつく。ジーンズのポケットを探ったが鍵《かぎ》がない。財布や携帯電話はわかるが、鍵まで盗んでいくことはないじゃないかと思いながら、電気メーターの上に張りつけておいた予備の鍵でドアの鍵を開けた。ワンルームだから、玄関から中が丸見えだ。響は三和土《たたき》に踏み入って、あ、と焦った。知らない男がいる。下着一枚の姿でコンビニの弁当を食べていた。ドアを開ける音で振り返った男が、眉《まゆ》を寄せて響に言った。

「あんた誰。なに」

「あの……、ここに、住んでいたんです……」

「あー。前の住人？」

「前……、ああ、はい……」

ここは店が従業員用に借り上げているアパートだ。響が住んでいたこの部屋に新しい住人がいるということは、響は本当に店を首になって、この部屋は、新しく店に入ったこの男の部屋になっているということだ。そうか、と理解した響は、用はなに、と男に聞かれて、うろたえながら聞いてみた。

「あの、俺の荷物とか……、知りませんか」

「あー。庭の隅に置いてあるよ」

「庭……、はい、あの、どうも……」

会釈なのかうなずいたのか判断がつかないくらい曖昧《あいまい》に頭を下げた響は、そっとドアを閉めると振り返った。ほとんど自転車置場になっている、赤土が剝《む》き出《だ》しの前庭を見回して、ブロック塀で囲まれた角に、自分の荷物が放置されていることに気づいた。

「よかった、捨てられてなくて……」

野ざらし、雨ざらしでゴミ同然だが、残しておいてくれただけでよかったと響は安堵《あんど》した。

小雨《こさめ》の降る中、荷物に駆け寄って衣服などを手に取ってみる。どれもびしょ濡れなのは当たり前だが、埃《ほこり》まみれだしカビも生えているし、とても昨日今日に放りだされた様子ではない。

響はまさかと思ってゾッとした。

「…マジで二ヵ月前に、捨てられた……？」

いやいや、まさか、と心の中で首を振った。二ヵ月も自分の記憶がないなんてありえない。

衣類はこのまま捨てるしかないが、大事なものは持っていかなくてはと荷物を漁ったが、保険証も預金通帳も自動車免許もない。恐らく誰かが持ち去ったのだろう。

「ヤバいな、サラ金で勝手に借りられてるかも……、こういう時って、どうすりゃいいんだ……、役所に行って聞けばいいのかな……」

預金に関しては、ハンコは財布の小銭入れの中に入れっぱなしにしてあるから、下ろされる心配はない。それはよかったが、銀行カードも財布の中だから、響自身、預金を下ろすことはできない。

「ああ、とりあえずお金、お金がいる、隠してあるお金は取られてないかな……」

衣類の山の中から、穿《は》き古したジーンズを引きずりだした。裏に返し、自分で縫いつけた隠しポケットを見つけ、ホッと胸を撫《な》で下ろした。いざという時のために中に隠しておいた三万円は、手つかずのまま残っている。まさかこんな古いジーンズが貯金箱代わりだとは、荷物を漁った誰かも気づかなかったのだろう。その三万だけを持って、響はアパートを出た。

「どうして、こんなことに……」

人気のない夜明けの街を歩きながら、響は小さく体をふるわせた。冷えていることもあるが、どうにも理解のできない状況が怖かった。二ヵ月も自分がどこかに行っていたなんて信じられない。昨日はちゃんと仕事に行ったのだ。

「そうだ、日付……」

日付をたしかめればいいのだと気づき、ちょうどそばにあった民家のポストに突っ込まれていた朝刊を引き抜いた。そうして日付を確認して、響は愕然《がくぜん》とした。

「七月……八日……?」

嘘《うそ》だ、と思った。今は五月のはずだと思った。

「だって昨日、バイトに行く時、明日は給料日だから、お金入ったら、寿司食べにいこうと

7月8日
(土曜日)
新聞

思って……」

だが現実に、朝刊には、あれから二ヵ月が経《た》った日付が印刷されてあるのだ。響は朝刊をポストに戻し、覚束《おぼつか》ない足取りで歩きだした。

「本当に、あれから二ヵ月が経ってるのか……？　もし本当、なら、その二ヵ月、俺、眠っていたとして……、昨日だと思ってた、最後の記憶……」

代わり映えのしない毎日だったから、二ヵ月前らしい昨日だってバイトに行ったはずだ。けれど、行ったと断言できるはっきりとした記憶がない。仕事を終えて、アパートに帰ってきたかも、夕食にどこの弁当を食べたかも思いだせない。まるでなにかの頭の病気にでもなってしまったように。

「二ヵ月……、二ヵ月も、俺、どこで、なにしてたんだ……？」

自分のことがわからないことが、恐ろしく怖い。改めて自分の有様を見てみる。そういえば空腹だが、怪我はしていない。身につけている服は長袖《ながそで》で、これはたしかに五月にふさわしい服で、くたびれてもいない。まるでつい昨日、身につけたように。

「意味、意味がわからない……、二ヵ月、どこかで暮らしてたなら、半袖着てるはずじゃないか……、なんで、服だけ、二ヵ月前のままで……」

まるで時間を飛び越えてしまったようだ。ないない、ありえない、浦島太郎じゃあるまいし、と響は首を振り、はあ、と溜め息をこぼした。この二ヵ月間の記憶がないことはひどく恐ろしいが、なにがあったのか思いだすよりも、これからどうするかを考えるほうが重要だと思った。今自分が持っているものといえば、ぐしょ濡れのまま身につけている衣服と、ポケットの中の三万円だけ。仕事も寝床も失った。なんとか早く、その二つを手に入れなくてはならない。そこまで考えて、響は小さく笑った。

「なにも持っていないのは、田舎《いなか》から出てきた時と同じだ。振り出しに戻っただけだ、たいしたことじゃない……」

そう思ったら気持ちが軽くなった。寮つきの仕事を探し、住所が決まったら保険証や免許証を再発行してもらおう。そうしてお金を貯《た》めて、念のために病院へ行き、頭を診《み》てもらう――。これからやることを決め、よし、と響はうなずいた。まずは服をどうにかしなくてはと思い、二十四時間営業の量販店へ向かい、スポーツタオルを購入した。その場で頭と体を拭《ふ》いて、それから下着とTシャツ、ズボン、靴下に靴まで買うと、トイレを拝借して着替えた。ぐしょ濡れの衣類は店のビニールバッグに入れて持って出る。

「あとはごはんと寝るところだ」

まずは今夜――もう朝になるが――しのげればいいと思い、寂れたポルノ映画館へ足を向けた。十八で東京に出てきた時は知らなかったことも、今なら知っている。無料で食事と布団を確保する方法を。

数えるほどしか客のいない映画館で、後ろのほうの座席に座る。女教師もののピンク映画をぼんやりと眺めているうちに一人の男が隣に座った。響の腿《もも》にするりと手を伸ばしてくる。その手が股間《こかん》にたどりついたところで、響は男の耳に囁いた。

「お腹空《なかす》いてるんです。ごはん、食べさせてもらえませんか」

「……、いいよ。行こう」

響の顔を見た男は、その美貌を見て息を呑《の》んだ。それから慌てて食事のご馳走《ちそう》をオーケーしてくれた。この綺麗な男の子にならば、食事をおごってもいいと思ったのだろう。話は簡単にまとまり、響は男のあとをついて映画館を出た。近くのファミリーレストランで好きなものを食べさせてもらい、そのあとはもちろん男の部屋へ行って、食事のお礼を体で返す。これが東京での三年間で覚えた、タダメシとタダ宿の獲得方法だ。

響は男に抱かれるのは初めてではない。ついさっき首になったばかりのキャバクラの店長が初めての男だった。響はゲイではないが、男に抱かれるのはいやだと突っぱねるだけの自分というものを持っていなかった。なにより断れば店を首になるとわかっていたから、それまでのようになにも考えず、流されるまま店長の愛人になっていたのだ。

三ヵ月ばかり店長の愛人をやっていたが、だからといって男に抱かれて気持ちがいいと思ったことはない。どちらかといえば苦痛のほうが大きかったが、今、ひどく興奮している男に性急にねじこまれて、響は苦痛よりも物足りなさを感じて口走ってしまった。

「もっと、奥まで っ……強く、突いて…っ」

「こうか？　乱暴なほうが好きなのか？」

「ああ、いい…っ、もっと、もっと……っ」

「そら、どうだっ、いいかっ、くそ、この淫乱《いんらん》めっ」

「いい、いいっ、もっと、もっと…っ」

男に下品な言葉を投げつけられて、それでも響の体は悦《よろこ》んだ。いや、足りない。こんな程度のセックスではまったく足りないのだ。

「もっと、もっと…っ、出して、中に出して…っ」

自分でもどうしてしまったのだと混乱したが、体が飢えきっているのだ。響は食事と一夜の宿を提供してくれた行きずりの男が、もう駄目だ、もう勘弁してくれと音を上げるまでセックスをねだり、それなのに満足ができず、男が気絶するように眠りに落ちたその横で、うずく体を持て余しながら目を閉じた。体中が快楽でふるえるほどのセックスが欲しいと切実に思った。そんなことを思う自分も、淫《みだ》らすぎる体も理由がわからなくて怖い。記憶のない二ヵ月間に、なにか想像もつかない体験をしていたのではないか……、そう考えるとますます恐怖は募る。

（過ぎたこと、もう過ぎたことだ……）

思いだしたところで碌《ろく》でもないことに違いないと思った。これまでの人生で、いいことなど一つもなかったのだ。一から始めると決めたばかりだ、覚えていない二ヵ月のことなどなかったことにしてしまえばいい。響はそう自分に言い聞かせ、貸してもらったタオルケットを頭までかぶった。

そんなふうに、セックスと引き替えで夕食と寝床を手に入れながら、昼間はバイトを探して歩いた。寮完備で時給のいいバイト先というと、どうしても水商売になってしまう。夜の店専門の求人フリーペーパーがあるので、それを日々チェックして、かなり時給のいい店を見つけた。面接の約束を取りつけて行ってみると、同じ歌舞伎町でも場所はいいし、ビルも立派だし、今まで働いていた店よりも、数段格が上らしい店だった。『クラブ游酔《ゆうすい》』。フロア係が開店前の掃除をする中、奥の事務室でマネージャーに面接をしてもらう。フリーペーパーについていた履歴書をさらりと見たマネージャーは、響をまじまじと見つめながら言った。

「灰谷響くんか。ちょっとお目にかかれないような美少年だね。魔性というかさ、好き嫌いははっきり分かれる顔だけど、ハマる男はハマるだろうね。パトロンは？　前の店つながりとか、困るよ？　質《たち》の悪い男はついていてないね？」

「はい、そういうのはないです」

「それならいい。前の店を辞めた理由は？　男絡みじゃないよね？」

「無断欠勤……、その、財布とケータイ取られて、それで、ちょっと店に行けなくて、無断欠勤に……」

すべてではないが真実だ。聞いたマネージャーは、ああそういうこと、と簡単に納得した。

「ま、これからは気をつけて。で、キッチンスタッフ希望って書いてあるけど、そのルックスだし、フロアに欲しいな。どう？　フルタイムで入ってもらうことになるけど、厨房《ちゆうぼう》より時給はいいし、社保にも入れるよ」

「社保……、あの、はい、じゃあそれで……」

「なんだ。なんか危なかっしい子だね」

マネージャーは微苦笑をした。響が主体性のない男だと見抜いたのだろう。

「じゃ、フロアで採《と》るよ。いいサービスすればチップも貰《もら》えるから頑張って。ちょっとしたお小遣いになるからね」

「あの、バックしなくていいんですか」

「ウチはチップをバックさせるようなしみったれた店じゃないからね。前にキャバクラにいたんならわかってると思うけど、女の子に手を出したら首。そのルックスだから女の子から誘われるかもしれないけど、誘いに乗っても首」

「はい、わかってます」

「うん。寮を希望ってことね。すぐ入れるよ、どうする？」

「はい、あの、助かります、できれば今日から入りたいんですけど」

「なに、今、野宿なの？　可哀相《かわいそう》に、いいよ、今日から働いてくれるなら、すぐに部屋の鍵を渡すよ」

「お願いしますっ」

即決でバイトが決まった。バイト代も、当分は日払いにしてもらい、その場で制服のサイズ選びをすませると、アパートの鍵と住所を記したメモを貰って店を出た。昼下がりの歌舞伎町に立ち、響はほっと安堵の息をついた。これでしばらく食べていけると思った。

このあとすぐに店に出なければならないので、風呂と、遅すぎる昼食をとるために、まずはアパートへ行った。新宿と新大久保《しんおおくぼ》の中間あたりに建っていたアパートは、予想に反して新築で非常に綺麗なアパートだった。四畳半のワンルームだが、ユニットバスもついているし小さな流し台もある。前のアパートは部屋こそ六畳と広かったが、トイレは共同で風呂はなかったから、どちらもついているこの部屋がひどく嬉《うれ》しかった。響は途中のスーパーで買ってきた弁当を急いで食べると、これも買ってきた石けんとシャンプーで体と頭を洗い、再び店へと戻った。

そっと店内に入ると、朝礼前なのか、ドレスに着替えた女の子たちがフロアで談笑していた。その中に、ピシリと着物を着た女性がいた。ママなのだろう。目ざとく響を見つけて言った。

「新しいフロア係の子？」

「はい、灰谷と言います、よろしくお願いします」

「佐々井《ささい》に聞いてるわ。まあ、本当に綺麗な子ね。わたしはママの華恵《はなえ》よ」

ママはそう言って、響の全身を上から下までじっくりと検分した。

「いいわね。顔も綺麗だしスタイルもいい。ちょっと歩いてごらんなさい。……ああ、いいわね、シャンとしてる。そうね、北浦《きたうら》くんがいいわ。ちょっと北浦くん」

ママはテーブルを拭いていた男を呼ぶと、響と顔合わせをさせた。

「北浦くん、この子、新しく入った灰谷くん。あなたの下につけるから、仕込んであげて。灰谷くん、この子があなたの指導係の北浦くん。上客のヘルプにつくことが多いから、しっかりと作法を学んでちょうだい。いいわね？」

「はい、頑張ります」

響がそう答えると、なぜかママや女の子たちに笑われた。可愛《かわい》い、という声まであがる。そんなふうにからかわれるのは初めてで、響はうろたえて視線をさまよわせてしまい、さらに女の子たちに笑われた。北浦にスタッフルームへ案内されて、制服に着替える。北浦がロッカーに寄りかかって響をじっと見つめてくるが、なにを言えばいいのかわからなくて、うつむいたまま着替えをすませた。

「あの、よろしくお願いします」

「灰谷っていったっけ。フロアの仕事、初めて？」

「はい、ずっと皿洗いしてました」

「へー。そんな綺麗な顔してんのに、もったいね。ババア専門のデートクラブで働きゃ、いい金になんのに」

「俺、喋《しゃべ》ったりとか、得意じゃないんで……」

「ふぅん、見かけによらね。とりあえず一週間、俺のあとくっついて、俺を見て、仕事覚えろ」

「はい、よろしくお願いします」

「ライターは自前だからな。百円ライターはやめとけ。わざとなかなか煙草《たばこ》に火ぃつけないで、俺らが火傷《やけど》すんの見て楽しむクソがいるから」

「はい」

「わかってっと思うけど、客になにされてもキレるなよ。とにかく謝れ、土下座もしろ。頭下げた分、金になると思って。客に気に入られりゃチップ貰えっから」

「はい」

「……おとなしいっつーかなんつーか。こんなんでやっていけんのかね。仕事は教えるけど、なんかトラブッても俺は助けねぇから。そういうので俺を頼るなよ？」

「はい、頑張ります」

「マジやってけんの？　まぁいいけど。あー、腕時計は外してポケット入れとけ。ずっと厨房にいたなら爪切る癖ついてるよな？　手はいつも清潔に。あとお辞儀。おまえのペコリじゃ駄目。腰から折って。この角度。やってみ」

「はい」

その程度の簡単なレクチャーをしてもらい、あとは現場で実地研修となった。

『クラブ游酔』は完全会員制だった。響が少し怖《お》じけてしまったくらい豪華な内装や、着物姿のママもいることなどから、本物の高級クラブなのだと思った。当然遊びにくる客も小金を持っていそうなオッサンばかりだったが、その分傍若無人な客もいて、女の子への度を超したセクハラや黒服への嫌がらせなどがたまに起きることなどから、高級クラブではあっても、下のほうのランクなんだろうと、響はぼんやりと考えた。

毎日毎日、午後の三時に店に出て、隅から隅まできちんと掃除をする。女の子たちから頼まれる使い走りも、いやな顔一つせずに何度でも行く。生まれてから家を飛びだすまでずっと、両親や兄からあれこれと命令され、下働き同然の存在として暮らしていたから、地味な仕事を黙々と繰り返すことも、人からあごで使われることも、いやだとか腹が立つとか思うこともない。響には、あれがしたい、これがやりたいという欲や希望がないから、人から指図をされないとかえって困ってしまうのだ。けれどその主体性のなさも、こつこつ仕事をするし雑用にもいやな顔をしない、おまけにおとなしくて優しくて真面目《まじめ》な子、というふうに見られて、女の子たちには好かれている。冗談半分だろうがベッドへのお誘いも何度かあり、響の人生で初のプチモテ期といった状況だった。肝心のフロアでの仕事も、北浦の所作を完全コピーしていて、口さえ開かなければ一人前の黒服に見えた。

研修期間の一週間が過ぎ、一人でヘルプに入るようになって、五日ほど経った夜だった。テーブルの女の子から氷の合図を受けて、アイスペールと替えのグラスを運んでカウンターに戻ってきた響は、VIPルームについていたはずのママに、ちょっと、と呼ばれた。

「西條《さいじょう》さんがあなたを指名しているの。行ってらっしゃい」

「はい、ご注文は……」

「あなたよ。ほら行って。VIPルームよ」

「あの、はい……」

どうすればいいんだ、と思いながらVIPルームに向かった。サービスのいいヘルプを指名する、というならわかるが、黒服本人を女の子のように指名するという意味がわからない。

（女の子と同じように、話相手を務めろってことかな……）

それにしたって西條という客の顔も見たことはないのだ。それなのにどうして自分を指名するんだろうと、ひどく不思議に思いながらVIPルームに入った。

「失礼します」

「やっと来たか。こっちに座れ」

「…はい、失礼します」

西條は、自分の隣にいたナンバーワンの女の子を追いやって、隣に座れと響に言うのだ。

腰を上げた女の子が、チラ、と響によこした視線が嫉妬と怒りを秘めていて恐ろしくて、響は緊張しながら西條の横に腰かけた。西條は体を鍛えることを習慣づけているのか、がっしりとした体をしていた。歳《とし》は四十代の半ばあたりだろうか。目に異様な力があるが、年齢相応の色気があるいい男だ。小さな会社の社長といった気質の男には感じない、独特の雰囲気を持っていることから、同業者だろうかと思った。

西條が煙草をくわえたので、さっと火を差しだした響に、深く喫《の》んだ煙を吐いて、西條は言った。

「名前は」

「灰谷です」

「名前」

「あ、響です」

「響か。ちょっとお目にかかれないくらいべっぴんだな、ええ?」

西條は目を細め、猫でもあやすように響の首筋を揉《も》んだ。

「前に来た時は見なかった。いつこの店に来た?」

「十日ほど前です」

「歳は。ここへ来る前はなにしてた」

「二十一です。前は飲食店で調理の補助や皿洗いをしていました」

「ずっと裏にいたのか。この店で表に出てきた理由はなんだ。金か？」

「いえ。キッチンを希望してたんですけど、フロアのほうで採用したいと言われたからです。フルタイムなら保険にも入れると言われたので、それで」

「そんな理由か。ずっと裏方だったのは、表に出たくないわけでもあったのか」

「いえ、俺、僕、わたし？　は、会話が下手で、気の利いたことが言えないからです。キッチンなら、黙っていてもいいので」

「へえ。佐々井には感謝しなくちゃいけないな。これだから飲み歩くのをやめられないんだよ。こんなのが手つかずで落ちてるんだから。よし、店が引けたらメシ食いにいこう。迎えをよこす」

「え…と、はい、あの、ママに聞いてきます」

女の子でもないのにアフターに誘われるなど、想像もしていなかった。困惑しながらテーブルを離れると、カウンターで響の様子をずっと見ていたらしいママに、小声で尋ねた。

「西條様から、アフターに誘われたんですけど、どうしたらいいですか」

「行ってらっしゃい」

「あの……、食事だけで、いいですか？」

「西條様はウチで特別に大事なお客様なの。西條様にいい気持ちでお店にいらしていただくことだけが大事なのよ。そのためにボーイ一人辞めさせたところで痛くも痒《かゆ》くもないの」

「はぁ……」

つまり、西條とのアフターにフルセットで付き合えないなら、首にすると言っているのだ。首になったらお金はもちろんのこと、住む部屋をなくす。次の仕事が見つかるまで、また毎晩男を探すのはいやだし、なによりコロコロ仕事を変えていたら次で雇ってもらえなくなる。風呂もトイレも流し台もついているあの新築のアパートを手放すくらいなら、たまに西條と寝るほうがましだと思った。

「わかりました、ご馳走になってきます」

「そう。なんでも好きなものおねだりしてきなさいな」

ものわかりのいい響に、ママはにっこりとほほえんだ。

午前三時少し前に看板の灯を落とすと、ママがそばにきてこそりと言った。

「灰谷くん、車が下で待っているから。片付けはいいからいってらっしゃい」

「あ…、はい、それじゃ……」

響は、フロアに残っていた女の子や片付けに取りかかった同僚たちの視線が、背中に突きささるのを感じながらスタッフルームへ向かった。普段着に着替えてビルから外へ出ると、許可された車両以外は侵入も禁止されている道路だというのに、車が停《と》まっていた。ごくふつうのファミリータイプの車だ。西條のような男なら大きな外車だろうと思っていたからとまどっていたら、助手席のウィンドウが下りて、顔を出した見知らぬ男が言った。

「灰谷響？」

「はい……」

「乗りな」

「…、はい」

自分を待っていたということは西條の使いなのだろう。そう判断をして、後部座席に乗りこんだ。西條の姿はない。察するに、お店の女の子や響のような遊び相手を運ぶための車なのだろう。西條は大きな会社の社長なのかなとぼんやり考えながら、二十分ばかり走った。着いた先は、外観からして豪華な中華料理店だった。

「おう、響。来たな。座れ」

「はい、お誘い、ありがとうございます」

「なに食いたいか、聞くの忘れてたな。中華なら、なにか食えるものがあるだろう？」

「好き嫌い、ないんで、大丈夫です」

「ほら。そんなところに突っ立ってないで、座れ座れ」

「あの、はい……」

通された個室も豪華で、響は足がすくんでいる。巨大な黒檀《こくたん》のテーブルがあるだけでも怖じけてしまうのに、部屋の中にはソファセットやバーカウンターまである。親族を集めた正月の宴席にも席を用意されない響にしてみれば、こんな恐ろしいほど豪華な部屋にいるだけで罰が当りそうな気がするのだ。西條から、どうした座れ、と命じられて、ふるえる足でなんとか勧められた椅子《いす》に座った。なぜか西條の隣だ。西條は相好を崩して、子供にするように響の頭を撫でた。

「そんな緊張するな。メシを食うだけだ」

「す、みません、馴《な》れてなくて……」

「すぐに馴れる。そら、なにを食う？　好きなものを食え」

「あ、の……、すみません、わからない……、こういうお店、入ったことな、くて……」

「うん？　中華、食ったことないのか？」

「中華……、ぎ、餃子《ぎょうざ》？　とかなら……」

「どこの田舎から出てきた。うん？　近所に中華料理屋もなかったのか。出前くらい取ってたろう？」

「俺、あ、わたしは、三男なので、そういう贅沢《ぜいたく》は、したことないんで」

実家では当たり前のことを答えたら、西條は小さく噴いた。

「出前が贅沢か。そうか、響のところは昔からの農家か。跡取りの長男だけを大事にする家か」

「はい」

「男に生まれてよかったな。女でこんな綺麗な顔してたら、地主の嫁に売られるところだ」

「はぁ」

響はぼんやりとうなずいて、妹の存在を思いだした。響の真似《まね》をして妹が家を出ていなければ、たぶん今頃は地主の分家の嫁になっているはずだと思った。

西條が適当に注文をしてくれた料理は、見たこともなく、そしてとても綺麗で、響は終始驚きながら、無意識においしいおいしいと呟きつつ夢中で食べた。西條のほうは申し訳程度に箸《はし》をつけるだけで、食事をする響をずっと眺めている。

「……、ご馳走様でした」

すべて残さず綺麗に食べて、響は丁寧に西條に頭を下げた。西條は楽しそうに笑い、うなずいた。

「箸使いも食い方も綺麗だ。気に入った」

「はぁ、ありがとうございます」

「アイスもう一つ食うか。杏仁豆腐《あんにんどうふ》がいいか」

「いえ、もう満腹です。こんなおいしいものを食べたのは、初めてです。ありがとうございます」

「そうか。俺も響の旨《うま》そうな顔が見られて楽しかった。おまえには食わせ甲斐《がい》がある」

そう言って、西條は本当に楽しそうに声を立てて笑った。

食事のあとは、予想どおり、西條のマンションに連れこまれてセックスの相手をした。広い寝室の大きなベッドの上で、西條にのしかかられたとたんだ。響の全身に鳥肌が立った。嫌悪ではない。過ぎる期待からだ。

（中に、出してほしい……）

唐突に、そんな欲望が響の中に湧《わ》き起こった。どうしてそんなことを思うのか、自分でもわからない。一夜の宿と引き替えで行きずりの男たちに抱かせていた、あの時よりもずっとはっきりとした欲望だった。男が、欲しいのだった。抱いてほしいのだった。

「ああ……、西條さん……」

膝《ひざ》を抱え、恥ずかしい場所をあらわにして響はあえいだ。西條の太くごつごつとした指が響の後ろを拡《ひろ》げにかかると、その欲求はさらに増す。全身で喉《のど》が渇く、という感覚だろうか。予想に反して丁寧に響の後ろをほぐしてくれた西條が、ふ、と笑って言う。

「拡げただけでそんなとろけた顔して。ケツの穴いじられるの、好きか」

「は、い……、気持ち、い……」

「欲しいか。ほら、自分で入れてみろ」

「あ……」

指を抜いた西條は、響をひっぱり起こすと、自分は逆にベッドに横たわった。腰にまたがれ、と命じられて、響は飢えで重くなっている体をのろのろと動かした。西條のがっしりとした腰にまたがり、いかにも使いこまれているといったふうな色艶《いろつや》の屹立《きつりつ》を握る。ジェルを垂れ流す穴に押しあてたら、熱さを感じただけで、期待で体がふるえた。騎乗位も自分で入れるのも初めてだが、早く欲しいという欲望が勝って、響はためらわず腰を落とした。

「ん、あ……あ……」

グチュリ、と太いところまで呑みこんだあとは、わけがわからなくなった。夢中だった。先ほど食事をご馳走になった時と同じように、上の口ではなく下の口で西條をむさぼった。西條が突き上げるまでもない。響は自分のいいように、好きなように腰を使い、いくらも経たないうちに達した。

「はあ、あ……」

西條の腹に白いものを飛ばしたが、後ろにはまだ隆《りゅう》としたままの西條をくわえこんでいる。無意識にそれをキュウと締めつけて、響は口走った。

「あ、太い……、まだ、ですか……、出して、中に出して……」

「勝手にいっておいて、わがままな奴め。出してほしいなら俺を気持ちよくさせてみろ。腰を振るんだよ、ほら」

「あう、あっ」

軽く突き上げられて、響は小さな悲鳴をあげた。けれどすぐにごくりと喉を上下させる。まだこの熱くて硬いものを味わえるのだ。響は乾いた唇を舐《な》めると、西條を味わうようにゆっくりと腰を動かした。が、すぐに入口を摩擦される快感に夢中になり、西條が微苦笑を浮かべるほど淫らに、西條の腰の上で踊った。

「…ああ、もう、無理……、無理、無理、お願い……」

「無理って響、二度も三度も、おまえが勝手にいっているだけだろう。ちょっとは我慢できないのか」

「お願い、です、お願い……、出して、もう……、中に、出して……っ」

「……とんでもないスケベだな」

西條はそう言いながらも楽しそうに目を細め、響の中に突っこんだまま体勢を入れ替えた。激しく責め立ててくれることを響は望んでいたが、それをわかっていて、西條は時間をかけてじっくりと響をよがり泣かせた。

「あ、あ、あ……、も、もっと……」

「なに言ってるんだ。さっきからいきっぱなしで、もう出すものないだろうが。それでもまだ欲しいのか」

「ほ、欲し…っ、あっあっ、ひ…っ」

「そら。これが欲しかったんだろう。出してやる」

「あぁ、あっ…、んんん……っ」

ようやく西條が響の中に熱いものを放った。それを感じた響もまた、空射《からう》ちのように透明な雫《しずく》をにじませただけの絶頂を迎える。予想以上にセックスの巧《うま》い西條にさんざんいかされたが、それでもまだ、体の芯《しん》は満足していない気がするのだ。自分で自分の体の変化にとまどっていると、疲労困憊《こんぱい》した響の中から西條が己れのものをズルリと抜いた。その感覚にすら感じて響はあえいだ。

「いやだ、抜かないで……」

「なんだ、まだヤリ足りないのか」

西條は苦笑しながらベッドを下り、ミニ冷蔵庫からビールを取りだした。ちらりと響を見ると、ベッドの上で四肢を投げだし、ぐったりとしている。まだ全身を淡く紅色に染め、その胸も腹も響が出し尽くしたものでどろどろに汚れている。いかにも男に抱き潰《つぶ》されたといった様子だが、ひどく猥褻《わいせつ》でいて美しい。その姿を眺めた西條は、感心したように目を細めると、ビールではなく水を取りだした。動けない響を抱き起こしてやり、ボトルを持たせてやる。響が西條に身を任せ、ゆっくりと水を飲むと、ビールを呷《あお》って西條が言った。

「男、初めてじゃないな。誰に仕込まれた」

「……前のお店の、店長が、初めてでした……、でも、寝たのは、数えるくらいです……」

「なんだ。それであの有様か。それなら生まれつきの淫乱だな」

西條は楽しそうに笑った。

「前の店って、どこだ」

「…同じ、歌舞伎町の、『ナイトガーデン』ていう、キャバクラです……」

「ああ、あの店ならよく知っている。店長、桑島《くわしま》って野郎だろう。桑島が男のイロを探してるって聞いてたが、おまえのことだったとはなぁ。さすがの桑島も、響には手を出したか。この顔だもんな」

「え、と……」

「知らないのか。奴はホモ嫌いで有名だぞ。道でオカマの肩か腕かがぶつかったって言ってな、汚えっつってそのオカマを半殺しにして、ちょっと塀の中に入ってたくらいだ」

「そ、うなんです、か……」

心底驚いた。桑島は閉店間際にしか店に顔を出していなかった。極端に口数の少ない男で、その目はいつもゾッとするほど暗かったが、まさか傷害の前科を持っていたとは思いもよらなかった。そんな男と二人きりでラブホテルという密室に行っていたのかと思い、今さら恐ろしくなった響は、体を硬くして打ち明けた。

「でも、初めて会った日の夜に、俺、その……、ヤラれてしまったんですけど……」

「そりゃそうだろう。いくらホモ嫌いでも、おまえは別だ。早いところ自分のものにしておこうと思うだろうよ」

「どう、して……。お店には、綺麗な女の子がたくさんいたし……」

本当に同性愛者かどうかもわからない、ゆきずりの男を病院送りにするほどゲイが嫌いなら、自分など抱くのがおかしいと響は思うのだ。響が混乱すると、西條がうなじを強く吸ってきた。ゾクリと感じた響があえかな声をこぼすと、西條は響の乳首をギュッとつまんで喉で笑った。

「夜の街には花と蝶《ちょう》がいる。女が蝶なら、響、おまえは花だ」

「は、花？　あの……、さわ、らないで、ください、感じる……」

「赤線や吉原《よしわら》よりもずっと昔から囁《ささや》かれてる噂《うわさ》だ。花街には夜の花がいる。花を手に入れた男はなんでも望みが叶《かな》うってな。金だろうが地位だろうが」

「ああ、乳首、いじらないで……」

「早いもの勝ちだ。花を見つけたらさっさと自分のものにする。自分より弱い奴が花を持ってたら、そいつを叩《たた》き潰して花を奪う。花を持ってるってことは、それだけ力があるってことになるんだ」

「さ、いじょうさん、勘弁、してくださ……、ああ……」

西條の言葉はまったく意味がわからない。それよりも手慰みのように乳首をいじられて、それだけで体がうずいて惑乱した。いかされ尽くした響の前は、ピクリとも反応を示さないのに、腹の奥はジンジン感じてたまらないのだ。逃がしようのない快楽に響が身もだえると、西條は満足そうに笑った。

「そら。男に可愛がられて匂い立つ。わかるか？」

「あ、あ……、やめて、くださ…、ああ、感じる……」

「頼りなくってふらふらして、いくらでも男を手玉に取れる顔をしてるのに、利用するどころか頼ろうとも思わねぇ。男なんかいらないって顔をして、そのくせ抱いてみりゃあこんな淫乱だ。男ならイチコロだよ」

「いや、だ、いや、乳首いや……」

「桑島もおまえを逃がすなんて、馬鹿なことをしたもんだ。今さら血眼《ちまなこ》になっておまえを探したところでもう遅い。おまえは、俺のものだ、響」

「んんん…っ、あ、は…っ」

ジュクジュクとうずく体を持て余す響は、西條の言葉など半分も聞いていない。我慢ができなくなって、どろどろに濡れて弛《ゆる》んでいる後ろに自分で指を入れ、気持ちのいいように、感じるように好きに指を動かした。西條の放ったものがかき出され、響の指をいやらしく濡らす。

「ああ、奥……、奥、うずく……っ、指じゃたりな…、西條さん、入れて……」

「馬鹿、俺はもう立たねぇよ」

「いや、お願……」

「ドスケベでしょうがねぇな。落ちるまでいくか？　そら、ここだ」

「あ、あっ、そこいやっ、そこでいくのいや…っ」

「へぇ。ここの味を知ってんのか」

「あひっ、あぁっあぁぁ…っ」

響の指を抜いた西條が、代わりに自分の指を呑みこませ、響の内側のしこりをゴリゴリと押しこすった。快感を通り越す強烈な感覚だ。逃げようにも西條の片腕で体を抱きすくめられ、のたうつことしかできない。たちまち深い絶頂に追い上げられ、全身を痙攣《けいれん》させたが、西條の指は響を責めることをやめない。

「ひ、ひぃっ、ゆる、許してっ、ひぃぃ……っ」

すでに出し尽くしている響は、前を立たせることもなく、連続で絶頂を強制されて、西條の言ったとおり、失神した。

気づいたのは、体を撫でる温かい感覚でだった。ぼんやりとしたまま目を開けると、西條が熱い濡れタオルで体を拭《ぬぐ》ってくれていた。

「す、みませ……」

かすれた声で謝ったものの、疲れきった体はまったく動かない。西條は、おう、と言って口端で笑った。

「…あれだけ出したくせに、雄の臭《にお》いが少しもしない。花ってのは不思議だな。おまえは本当に花なのかもしれないな……」

「……」

「桑島な。おまえを探してくれって、俺のところにも頭下げにきたんだ。だが、響はもう俺のものだから諦《あきら》めろと、そう言っておくからな」

「西條さんに、俺を探して…って、西條さんは、探偵とか、興信所とか、そういう会社の社長さん、なんですか……?」

「似たようなもんだ。金になるなら人も探すし、ないものもあるって言う商売だよ」

「はぁ……」

よくはわからないが、堅気《かたぎ》の仕事とは思えない。深くは知らないほうがいいと思って曖昧にうなずくと、響の体をすっかり綺麗にした西條が、なにを思ったか口づけてきた。強引に舌を吸われたが、傍若無人という感じはしない。愛人にはそれなりに優しく接してくれるんだと思い、少しほっとした響に、西條は頭を撫でながら言った。

「驚いたな。舌まで甘い。おまえは不思議な奴だ……」

「あの、はぁ……」

「俺がおまえを手に入れたと、宣伝する気はないからな。噂が流れるまで、桑島に頼まれた奴らがおまえを探し続けるだろう」

「はい……」

「さらわれそうになったらな、俺の名前を出せ。藤下《ふじした》リースの西條の了解は取っているのかって、そう言えばいい。ケータイに俺の番号、ああ、おまえはケータイも財布もないんだったな。買ってやる。財布はどこのブランドがいいんだ」

「え、あの、ブランド、とか、わかりません……」

「ああ？　……ああそうか、おまえは実家じゃ、中華も食わせてもらえないんだったな」

なにがおかしいのか、西條は大きく笑い、また響の頭を撫でた。


アパートに送ってもらい、昼すぎまで寝た響が、いつもどおりに午後三時に店に出てみると、どうも同僚たちの様子がおかしかった。挨拶《あいさつ》をすると無言で会釈を返される。狭い通路ですれ違おうとすると、なぜか響に道を譲る。下っぱも下っぱ、一番の新参者の自分にそんな態度を取る理由がわからない。無視やいやがらせなら、よくある新人いじめだろうと思って気にしないが、腫物《はれもの》にさわるとか、触らぬ神に祟《たた》りなしとか、そんなふうな扱いだ。なにか変な人扱いされるようなことをやらかしただろうかと思ったが、職場の人間と親しくする理由も必要もないし、これまでの職場でも出退勤の挨拶しかしていなかったことだし、特段、気にもしないで店の掃除に集中した。

朝礼を終え、一度ロッカールームに戻ろうとしたところで、ママに呼びとめられた。

「灰谷くん、ちょっと」

「はい……」

「これ、西條様から。これからもうまく西條様のご機嫌を取ってちょうだいね」

「はぁ……」

ママから熨斗《のし》が印刷してある簡易な祝儀袋を渡された。祝儀袋ということは中身は現金だろう。ああ、昨日のお小遣いか、と納得しながらロッカールームのドアを開けたとたん、談笑していた同僚たちがピタッと話をやめて、サアッと部屋から出ていった。ペコ、と会釈をして彼らとすれ違い、部屋の中に進む。中には北浦が一人、残っていた。祝儀袋をロッカーにしまう響に、北浦が苦笑しながら言った。

「それ、西條さんから?」

「はぁ……」

「あーあ。花代受け取っちゃったのか。これでもう逃げられないよ、おまえ」

「…逃げるって、あの……、西條さんて、なにしてる人なんですか?」

「は?」

「いや、仕事……。本人に聞いたんですけど、はっきり教えてくれなくて……、なんか、リース会社やってるみたいなんですけど……」

「リース会社って、馬鹿おまえっ、なんも知らねぇでついてってたのかよ…っ、つか西條さん知らねぇって……、何年この仕事してんの…っ」

北浦が大笑いをした。響が真面目に、水商売なら三年目だけど、ずっと厨房にいたから、と答えると、北浦は笑いながらも納得したようだった。

「そうかそうか、おまえ、皿洗いしてたんだよな…っ」

「はい」

「西條さんは三光会《さんこう》玄碩《げんせき》一家の若頭補佐だよ。まぁつまり、ヤクザ。この店も、玄碩一家の店」

「ヤクザ……」

「終わったな、響…っ」

北浦はゲラゲラと笑うが、響も真実、終わった、と思った。血の気が引いて、頭がフラフラしたほどだ。自分はしがないフリーターとはいえ、これまで誰にも迷惑をかけず、真面目に仕事をしてきた一般人だ。ヤクザなどという恐ろしい人種とは、どう間違っても知り合いになどならないと思ってきたし、知り合いになりたいと思ったこともない。それなのに、その怖いヤクザでも上級の怖い人、若頭補佐と寝てしまい、お金まで貰ってしまったなんて、本気で人生終わった、と思った。

(きっともう、一般人には、戻れない……)

脳貧血一歩手前のめまいを起こしてロッカーにぶつかった響は、だからか、と納得した。

「あの、北浦さん……、だから、みんな、よそよそしかったんですか……」

「西條さんのオンナにヘタなことできねぇし？　響に嫌われて、西條さんにチクられたらたまんねぇし」

「いや、俺、そんなことは……」

「わかってるって。けどみんなは響じゃなくて、響の後ろの西條さんを見てるわけだし？」

「はぁ……」

「まぁいいじゃん。このまま店辞めて愛人にでもなれば？　黒服やってるより金入るよ」

「いや、俺は……」

そんなつもりは毛頭ない。それどころか、西條とは縁を切りたいくらいだ。なにかいい案はないかと思い、北浦に視線を向けたが、北浦は、俺はなんも知らねぇよと言って、笑いながらロッカールームを出ていった。

「本当に、詰んだな……」

響はうつむいて小さく呟き、溜め息をこぼした。

それでも一日、いつもどおりに仕事をこなした。ただし、ヘルプについたのは筋のいい客ばかりで、フロア係だけではなく女の子たちにも西條のことは知られている様子だった。みんなからひっそりと敬遠されたまま仕事を終えて、アパートへ向かいながら響は考えた。

「…やっぱり逃げたらヤバいよな……、相手、ヤクザだし……」

こうなったら西條が自分に飽きるまで相手をして、その間にできるだけお金を貯めて、西條から切られたら、即東京を離れようかと思った。どこへ行ったってキャバクラやクラブはあるし、今までと同じように、寮のある店で働けばいいと考え、とりあえず自分がどうすればいいのか決まったことでホッとした響は、そこで、どうもよろしくない状況に陥ったことに気づいた。

「え……」

うつむいていた自分が悪いといえば悪いが、いつのまにか柄の悪い男たちに囲まれていたのだ。見るからにヤクザの下っぱという感じの男たちだった。囲まれているのでどちらへ逃げることもできず、その場で固まってしまった響に、正面に立った男が言った。

「灰谷響？」

「…は、は……い……」

「『ナイトガーデン』の桑島店長、知ってるよな？　あの人がおまえのこと探してるんだわ。行こうか」

「あ、あ、あの……」

声はふるえているし、体もふるえている。ヤクザとしての怖さなら西條のほうが何百倍も怖いのだろうが、一般人の響にしてみれば、見た目が怖い下っぱのほうが視覚的にダイレクトに怖いのだ。なにか言ったら殴られるという先入観のせいもあるだろう。両側からガシッと腕を摑《つか》まれて車へ連行されながら、響は半べソで言った。

「ま、待って、くださ…、さ、西條さん…」

「あ？」

「…っ、さ、西條さんに……、ふ、藤下リースの、西條さんに、りょ、了解、取って、ください……」

「……西条さんだと？　おまえ、西条さんの名前、そんな軽く口にしていいと思ってんのか？」

「で、でも……」

「……こいつ捕まえとけよ」

響の左腕を摑んでいた男が、半信半疑という表情で響を睨《にら》みながら、どこかへ電話をかけた。

「……あ、お疲れ様です、三ツ沢《みつざわ》です。頼まれてた灰谷響なんすけど、西条さんの名前出してきまして……、はい……、え……あ、はい、わかりました」

通話を終えた男は、なんというか、笑うお面のような恐ろしいほどの作り笑いを浮かべ、響に言った。

「すみませんでした、人違いでした。どうも失礼しちゃって」

「い、い、いえ……」

「こんなことはもうないと思いますから。じゃ、気をつけてお帰りください」

「は……」

男たちはガラリと態度を変え、みんなして笑うお面のような作り笑いを響に見せると、車に乗りこんであっという間に去っていった。安堵で足から力の抜けてしまった響は、その場にしゃがみこんで、ようやくホッと息をついた。

「よかった……、拉致《らち》されなくて、よかった……」

西條も怖いが、面識のない一般の人を半殺しにして懲役を食らった桑島のほうが、人格というか性格として、なにをされるかわからなくて怖い。しかもヤクザに響捜しを頼めるような男だ。そういうつながりがあるに違いないと思った。

「でも、もう、人違いはしないって、言ってくれたから……」

要するに、響は西條のペットなのだという話がすぐに回るということだろう。ともかくもこれで桑島のもとへ連行される恐れはなくなった。そして桑島本人も響のことは諦めてくれるだろうと思った。

「よかった……、一年くらい、西條さんの相手だけ、してればいいんだから……」

西條が本職のほうでなにをしているのか知らないし、知りたくもないが、響に対しては優しいし、それにセックスも巧い。どうせ男に抱かれるのなら、西條のほうがマシだと思った。

「そのうち、飽きて別れてくれるんだろうし……」

そうしたらどこへ行こうか。思いきって関東を離れてみようか。そんなことを考えながら立ち上がり、夜明けの街をとぼとぼと歩いてアパートへ向かった。

拉致の危機から十日ほど経った頃だった。店に西條が顔を出した。当然ヘルプは響……というよりも、響がホステスの代わりを務めた。それまで西條の指名を取っていたナンバーワンの女の子から、ものすごい目で睨まれたが、自分のせいではないから響にもどうしようもない。もちろんアフターを命じられて、閉店後には西條のマンションへ運ばれた。

居間のソファに座った西條に、バックで抱かれる。響は風呂上がりの全裸だが、西條はスラックスの前を広げただけの姿だ。しかもテレビをつけて、ビール片手にという有様だ。西條は後ろに西條を入れているだけで感じるのに、西條は空いた片手で響の前をいじってくるのだ。さっきから何度も絶頂寸前まで追い詰められ、けれどいかせてもらえずに、響は焦《じ》れて焦れて半泣きだった。

「さ、いじょうさ…っ、つ、突いて…っ」

「自分でいいように腰振ってるじゃないか。いいんだろうが、ええ？」

「も、も…と、深く…っ、ほ、欲し…っ、あ、あっ、中…っ、出して……っ」

「おまえは突っこまれると、本当に淫乱になるよなぁ。昼は淑女、夜は娼婦《しょうふ》を地でいってんのか。しょうがねぇ奴だ」

「う、あ…っ」

響を犯したまま、西條が立ち上がった。そのまま響を責め立てる。立ったまま激しく突き上げられると、快楽と、経験したことのない体位での興奮が合わさって、強烈に感じた。足がふるえて立っていられそうもなくなり、仰《の》け反《ぞ》って西條の首に腕を回した。

「ああ、ああっ、いい、い…っ」

嬌声《きょうせい》をあげる口を西條の唇でふさがれる。口内をまさぐられ、強く舌を吸われる快感と、突き上げられる快感で、響は一息に達した。

「んんん……っ、あ、ああっ待って、ひぃ、いい…っ」

響がいっても、西條はまだ終わっていない。悲鳴なのかよがり声なのかわからない声をあげる響を、西條は好き勝手に突き上げた。

「ああっあああっ、駄目っ、無理っいい…っ」

「駄目なのかいいのか、わからねぇな響」

西條は笑いながらそう言い、立っていられなくなった響の腰をがっしりと掴んで、深く腰を入れた。

「そら、これが欲しかったんだろう？」

「…んんー……っ」

ようやくのことで西條が放つ。体の奥で卑猥《ひわい》に痙攣する西條を感じた響も、二度目の絶頂を迎えた。大きく息を吐きだした西條がズルリと己れのものを抜くと、ヒョイと響を抱え上げ、寝室へ向かった。

「どうせまだ足りないんだろう？　淫乱なおまえのために、今日はいいものを用意してやったから、ゆっくり楽しめ」

「な…に……」

西條は響をうつぶせにベッドに転がすと、鎖がX状になった拘束具で、手首と足首をつないでしまった。うつぶせのまま響は身動きが取れなくなる。さすがに怖くなった響が首をひねって背後を見た。

「さ、西條さん、なに、するんで、すか……」

「俺ももう若くねぇからな、二度も三度も立たねぇんだよ。けど、可愛いおまえを欲求不満にするわけにもいかないだろう」

「な、なに……、それ、なに……」

「太さは俺と同じくらいだ。こいつで好きなだけ楽しめ」

「や…いやです、いや…っ」

西條がナイトテーブルの引き出しから取りだしたのは、初めて見るが、バイブに違いない。抵抗どころか逃げることもできない響の穴に、注入器を使ってたっぷりとジェルが注がれた。異様な感覚だが、それにすら感じて響が泣く。西條はハハハと笑いながら、同じようにたっぷりとジェルを塗りつけたバイブを響の穴に押しこんだ。

「いや、あぁぁ…っ」

「なんだ、バイブ初めてか。こいつはな、ケツの穴専用のバイブだ。ドスケベな体してんだ、すぐに気に入るよ。そら、どうだ」

「ひ、ひ、ひぃっ」

スイッチが入れられ、入口から奥までをいやらしい振動がなぶった。はじめこそ、冷たくて脈打ちもしない機器に不快感しか感じなかったが、西條が位置を調整すると、中の弱点をしっかりと振動がいたぶり、響は泣き叫ぶほどの快楽に落とされた。響の頭を撫でた西條が、楽しそうに言った。

「ウチで出してるAVの男優が、これが一番効くって言ってたバイブだよ。飽きねぇように振動が変わるらしい」

「いや、いやぁっ、止めてっ、抜いてぇ…っ」

「風呂に入ってくる。いい子だから、しばらく一人で楽しんでな」

「あ、あっ、ひい、ひぃぃっ」

泣いてのたうつ響を放って、西條は風呂に行ってしまった。それから何度いったのか響にもわからない。射精をしたのか、しないでいったのか。やっと西條がバイブを抜き、拘束も解いてくれたが、響は朦朧《もうろう》としながらも、足りない、と思ってしまった。自分でも信じがたいが、たしかに足りないと思った。いや、足りない、というよりも、これじゃない、という気持ちだ。たとえば空腹を水で紛らわしているような感じ。これ以上水を貰っても、決して満足はできないという感じだ。自分はどうしてしまったのかと回らない頭で考えていると、西條がうつぶせの体をひっくり返してくれた。

「ああ、こんなぐちゃぐちゃにして。ケツだけで何遍いったんだ、しょうがねぇ奴だ」

「……」

「泣いて目元が赤くなってる。たまんねぇ色香だ。こんな淫乱だってのに、おまえは綺麗だな、響。いじめられて泣かされて、こんな哀《あわ》れで、可愛くてな。……本当にたまんねぇ」

「……」

「ほら、飲みな」

ククク、と低く笑う西條に抱き起こされて、スポーツ飲料を飲ませてもらう。よほど泣いたのか、汗をかいたのか、夢中で飲料を飲んだ響は満足して吐息をこぼし、西條の胸にぐったりと身を任せた。背後からギュウと抱きしめてきた西條が、ふふ、と笑って言った。

「今日は満足しただろう？」

「……バイブは、いやです……、西條さんのが、いい……、中に、出してほしいから……」

ぼんやりした頭で正直にそう言うと、西條は大笑いをした。

「どうなってんだよ、おまえの体は。精液呑まねぇと満足できねぇのか」

「…あ……」

無意識に、ごくりと喉を鳴らしていた。体の奥に男のあれをぶちまけてもらう……、そうしてほしくてたまらないと思った。けれどそう言ったところで西條は抱いてくれないだろう。諦めて小さな溜め息をこぼすと、それを疲れと取ったのか、西條は苦笑して言った。

「そういえば、この間ウチの社員が怖い思いさせたってな。悪かったな」

「え……、あ、いえ……、ちゃんと、謝ってくれ、ました……」

桑島に頼まれて響を拉致しようとした下っぱたちのことだと思った。響が力なく答えると、耳元にキスをくれた西條が教えてくれた。

「桑島の奴な。響は俺のものだって言ってやったら、そりゃあ恨みがましい目で俺を見たよ。よっぽどおまえに執着してる。ありゃあ諦めてねぇ。ま、一遍でもおまえを抱いたら、そうなるだろうけどな」

「はぁ……」

響はぼんやりと、そんなに自分の穴の具合がいいのだろうかと思った。それにしても、桑島のところに戻るのはいやだと思った。今度桑島に捕まったら、監禁されるような予感がしたのだ。響が小さく体をふるわせると、励ますように響の腕を撫でながら西條が言った。

「ウチの社員が使えないとなって、あの馬鹿、素人《しろうと》におまえを襲わせるかもしれねぇ」

「え……、俺、どうしたら……」

「心配いらねぇよ。ウチから見た目のいい奴を何人か、おまえにつけてやる。ボディガードってやつだ」

「あり、がと、ございます……」

礼を言った響は、これで本当にヤクザの幹部の情婦認定だ、と思ってがっかりした。西條に軽く抱き上げられ、そのまま風呂場に運ばれる。いつも使わせてもらう風呂場ではなく、壁面がガラス張りで、夜景が見えるナイトビュー仕様の風呂場だった。たっぷりと泡が立った円形の湯槽《ゆぶね》に抱かれたまま入り、海綿を使って丁寧に汚れを落としてもらう。さすがに悪いと思った響が、自分でやります、と申し出たが、ふふ、と笑って西條は言うのだ。

「いいんだよ。甘やかしてぇんだから」

「はぁ……」

「財布とケータイ、買ってきたから、あとでやる。それからな、マンションと店と、どっちが欲しい」

「え……？」

「この部屋がいいならくれてやる。住みたい場所があるなら、そのへんで買ってやるぞ」

「い、いえ、いいえっ」

「じゃあ店か。クラブでもバーでも持たせてやる。それとも昼間の店がいいか？」

「いえっ、ど、どちらも、いりません…っ」

響は盛大に焦って答えた。そんなものを貰ったら最後、一生西條と付き合いが続いてしまうと思った。ところが西條が、心底不思議そうに、なんでいらないんだ、と聞いてくるので、響は迷った末に、下手な言い訳をするよりも正直に言ったほうがいいと判断して、答えた。

「その……、ヤ、ヤクザ、と、つながりがあると、こ、怖いので……」

「こりゃ正直だな。俺がヤクザだってバレたか」

西條は気を悪くするふうでもなく笑い、言った。

「おまえが黙って受け取るのは財布止まりか。欲がねぇな、おまえは。それでこそ花とも言うがな」

「あの……」

「けどまぁ、もう遅いよ。おまえは俺のものだと知られてる。この先何十年経とうが、どこへ逃げようが、三光会幹部の情婦って事実は消えねぇんだ」

「……」

「店もマンションもいらねぇ、ガードも欲しくねぇっていうなら放っといてやってもいいけどな。その代わり、俺へのいやがらせとして、ほかの組から狙《ねら》われても助けてやれない」

「あぁ……」

泥沼だ、と響は思った。片足でも突っこんだら最後、抜けられないのだ。それなら少しでも理不尽な暴力から逃れたい。響は小さな声で頼んだ。

「それじゃ……、放っておかないで、ください……、お願いします」

「それでいいんだ、響」

「はぁ……」

「おまえは俺のオンナってだけじゃない。花だ。歌舞伎町だけじゃねぇ。六本木、渋谷、池袋。それどころか薄野《すすきの》、ミナミ、中洲《なかす》、どこの夜の街へ行ったって、花を手に入れたい男でいっぱいだ」

「……」

「桑島みてぇなつまんねぇ野郎につまれて踏みつけにされるのがいやなら、強い男に守ってもらうしかないんだよ。俺の花でいるのがいやだって言うなら、俺より強い男に守ってもらいな。どうせこの淫乱な体だ。男ナシじゃいられねぇんだろう?」

西條はそう言って、おかしそうに笑い声を立てた。響はこっそりと溜め息をこぼした。そういった意味で西條より強い男なんて、そんなのヤクザの会長しかいないじゃないか、と思った。


世間は明日からお盆休みに入る。店もそれに合わせて夏期休業になるので、今夜の仕事を終えれば響も五日間の連休になる。

(連休、どうしようかな……、ずっと家にいたらエアコンの電気代がかかるし……)

新築で綺麗なアパートだが、断熱材をけちったのか、冷房をつけていないとあっという間に熱中症になるくらい、室温が上がるのだ。デパートや駅ビルの中で過ごそうかな、と思いながら制服に着替えていると、ズボンの尻ポケットで携帯電話が振動した。

（西條さんだ……）

西條に買い与えられた携帯電話だから、番号は西條と、店のマネージャーしか知らない。昼間からめずらしいなと思いながらケータイを取りだすと、西條からのメールだった。意外だが、西條はわりとまめにメールをよこす。たいていはメシを食いにいこうという誘いだが、今なにしてる、と尋ねてくることもある。いわゆる安否確認なんだろうと響は思うが、自分が安否を確認される立場にいるのだと思うと、とても怖い。それもボディガードとやらがつくまでのことかな、と響は考えている。

「あ……」

メールを読んで、響はふふっと笑った。あの西條が分厚くてごつごつした手でポチポチとメールを打つ姿を想像すると笑えるが、今日の用件はなんと、デートのお誘いだったのだ。どうせ行ったことがないんだろうということで、千葉にありながら東京と名乗っているテーマパークへ連れていってやる、というものだった。あの西條がテーマパーク、と想像してぷくくと笑った時、北浦が部屋に入ってきた。ハッとして顔を上げた響に、北浦はニヤニヤと笑いながら言った。

「なーに、可愛い顔しちゃってさ。西條さんからメール？」

「あの、はぁ……」

「おまえ、西條さんの特別なんだってな。あの人のマンションに出入りしてるとか、専用の車があるとか、マジなの？」

「え、どうして、知ってるんですか……」

「マジなんか！　すげぇな。そういう噂はチョッ早《ぱや》で回るんだよ。西條さんがいそいそとおまえのご機嫌取ってるって聞いたけど、それもマジなんだろな」

「べつに、そんな、ご機嫌なんて……」

どこからどこまで知られているんだとうろたえると、北浦はニヤリと笑った。

「いつまで経っても貧乏臭ぇ服着てくるし、時計だってそんな安モンだしさ。あの人に取り入るとか、そういうことしてねんだろ、おまえ。そういうとこが気に入ってんじゃねぇの、あの人も。なんつーか、日陰の花を愛《め》でる粋っつーか」

「……」

花、という言葉にわずかに動揺したが、北浦は気づかなかったようで、ハハハ、と笑った。

「男の二号さんなんて聞いたことねぇけど、うまくやりゃあ一生食うのに困んねぇし？　よかったじゃん」

「はぁ……」

「嫉妬したどっかの女に、顔傷つけられねぇように、気をつけてな。あいつら自分のためなら、ビール瓶で殴ったり、顔切ったり、平気ですっから。おまえの綺麗な顔はウチの売りの一つになってんだからさ、下手な傷作んなよな」

げた。

「気を、つけます……」

顔を傷つけるってなんだよ、とゾッとしながら、響は親切な北浦の忠告にペコリと頭を下げた。

お盆前でも客足はいつもと変わらず、午前三時に店を閉めた。片づけと掃除を終えて店を出た響は、人通りの絶えた道を歩きながら、一泊でテーマパークに行くということは、着替えを持っていったほうがいいのだろうか、などということを考えていた。

「泊まりがけとか、初めてだから、わかんないな……」

中学も高校も、親が旅行積み立てを出してくれなかったので、修学旅行に行けなかったのだ。家族旅行など当然連れていってもらったことはない。そのため、西條本人については好きとも嫌いとも思わないが、おいしい料理を食べさせてくれたり、車から見るだけだがちょっとした東京観光に連れていったりしてくれるので、いろいろな意味での初体験が嬉しくて、西條と会うことが楽しみになっている。

「テーマパークも、初めてだし……」

西條が乗り物に乗るとは考えられないから、園内を見学、ということになるのだろうが、それでもテーマパークとか遊園地に行ったことのない響だから、どんなところなのか知ることが楽しみでワクワクした。ふふふ、と笑ったその時だ。いきなり腰に激しい衝撃を受けた。なにかで殴られたらしい。つんのめるように路面に膝をついた響は、突然現われた数人の男たちに、たった今通り過ぎたばかりのコインパーキングに引きずりこまれた。大きなワンボックスカーが表からの視線をさえぎっているパーキングの、一番奥に投げ転がされる。響は腰の激痛にあえぎながら男たちを見た。

ヤクザではない、と思った。みな自分と同年代と思われる、若い男たちだった。派手な服、たくさんのアクセサリー。薄笑いを浮かべて響を見下ろしている。ふるえ上がった響は、からからに乾いた口で何度も唾《つば》を飲みこみ、ふるえる声で言った。

「さ、西條、さんの…りょう、了解を……」

「なに言ってんだバーカ。西條なんか知るかよ」

ああ、マズい、と心底響は恐怖した。西條の名前が通じないということは、この男たちは素人の男たちということだ。とすれば、目的は金なのだろう。いきなり顔を蹴《け》られた響は、痛みで目をチカチカさせながら訴えた。

「ま、待って、くださ…っ、俺、ヤクザの、幹部の、愛人、してるんで…っ、俺から、お金取ったりとか、するとっ、あ、あとで、そっちが、困ると思うから…っ」

「知ってるよ。ヤクザにケツの穴掘らせてんだろ、このオカマ野郎っ」

「……っ」

今度は腹を蹴られた。胃液を吐いてうずくまった響に、男たちは笑いながら口々に言った。

「ヤクザって言やぁ誰でもビビると思うなよ。俺らはヤクザなんかカンケーねぇし」

「そーゆーこと。ヤクザ怖くて金が稼げるかよ」

「てか、俺ら、そのヤクザさんがテメーのことを、二度と抱く気が起きねー体にしろっつわれてるし」

「ぶっちゃけフルボッコってやつ？　まあ、殺しゃしねーから安心しろや」

そう言って笑い、響に暴行を加えた。ひたすら蹴られ、鉄パイプだろうか、なにかで殴られながら、ああこれは、桑島の差し金だと響は悟った。西條に響を横取りされ、ヤクザの手も借りられないとなって、ヤクザよりも質《たち》の悪い……義理も筋も関係ない、金だけがすべてだと言い切る暴力グループに頼んだのだろう。手に入らないのなら、壊してしまえ、と。

（嫉妬で、ここまでするのか……）

いや、するのかも、と思った。北浦にも言われたではないか。嫉妬した女の子たちに顔を傷つけられないように注意しろ、と。だがまさか、女の子ではなく桑島から、ビール瓶ではなく鉄パイプで襲われるとは思っていなかった。血を吐き、鼻血を出し、まぶたも腫れて開かなくなった響は、全身の激痛でどこが痛いのかもわからないまま、ひたすら暴力を受けた。燃えるように体が痛むのに、ガタガタとふるえが止まらなくなるほどの寒気もする。耳も聞こえなくなり、ああこれは、死ぬな、となぜかひどく冷静に思った。

どれほど暴行されていたのかわからない。意識を取り戻したということは、失神していたのだろう。気づいた時には暴行はやんでいて、男たちの気配も消えていた。体がバラバラになったような、骨という骨が砕けたような、耐え難い痛みに襲われる。けれどその痛みは、響がまだ生きているという証拠だ。しかし。

（どれくらい……一時間くらい、やられてたのかな……）

とすれば、今は四時半頃だろう。この眠らない街から、ちょうど人が消える時間だ。次に人が通るのは、コンビニかファストフード店の早番に入る人々が出勤してくる六時頃だと思われる。

（……間に合わないな……、それまでにたぶん、死んでる……）

ふふ、と響は笑った。ただし心の中でだ。顔はもう腫れすぎて、表情すら変えられない。この痛みと寒気、ふるえを感じなくなったら死ぬんだろう、こんなところでこんなふうに死んだら、また両親と兄に怒られる、とぼんやりと思っていた時。

「――やっと見つけたと思ったら、またこの有様か」

見知らぬ男、美しく、そして恐ろしい男に助けられたのだ。

「…うん、ん……」

深く呼吸をして、響はゆっくりとまぶたを開けた。ずいぶんと久しぶりに深く眠った気がする。慢性的に取れなかった疲れが消えて、体が軽い。背骨が痛まないのは、ベッドに寝ているからだろう。

「……ベッド……、西條さんの、部屋……？」

ゆっくりとあたりを見回した。大きなベッド、広い部屋。けれど西條のマンションではない。部屋の照明は落とされているが、濃紺のバーチカルブラインドを開け放った全面ガラスの窓から、外の明かりが入ってくるせいか薄明るい。水底にいるような気分になる深い色の内装材は、西條のマンションの寝室とは違う。

「…っ、ど、どこっ、ここ……っ」

ドッと汗が噴き出るほど驚いて、勢いよく体を起こした。そうしてやっと、自分の体がどこも痛まないことに気づき、同時にひどく暴行されたことと、あの見知らぬ美しい男の記憶がよみがえった。

「……助けて、くれたんだ……」

よかった、と心底思った。あの奇妙な男が来てくれなければ、今頃自分は生きていない。できる限りのお礼をしなくては、と思った響は、それにしても、と溜め息をこぼした。

「重傷だったはずだから、完治してるってことは、あれから何ヵ月も経っているんだよな……」

西條とテーマパークへ行くどころか、またしても無断欠勤で店は首だ。そう思った響は、ついこの間も二ヵ月間の記憶を失っていたことを思い起こし、なんともいえない恐怖でぞくりと身をふるわせた。ベッドを下りようとして、ようやく自分の異様な有様に気づく。

全裸だった。しかも、毛布の代わりにあらゆる切り花がかけられているのだ。切り花に埋もれていたような状況だ。

「え……え……？」

そういえばここは病室でもない。あれほど重傷だった自分が、どうして個人のものと思われる寝室に寝ていたのか。全裸で、この花々も、どう考えてもおかしい。まともな人間がするようなことではない。全身に鳥肌が立つほどゾッとしてベッドを飛び下りた響は、無意識に窓へと向かいながら、さらに異様な部屋の様子に気がついた。

花、花、花――。

部屋中を埋め尽くすように花が飾られてあるのだ。それだけではない。床にも一面の花……。

「……」

響は言葉も出なかった。まさに異様だ。異常といってもいい。響はうろたえ、逃げるように窓辺に寄った。空は暗い。夜だ。眼下には中層のビルがひしめき建ち、車道には信号待ちをする車列が、歩道には行き交う人々が小さく見えた。そう遅い時間ではないと判断をする。視線を上げると、向こうには高層ビル群の明かりが見えた。この部屋は高層マンションの一室なのだと思った。

「ここ、どこ……なんだ……」

田舎から出てきて今日まで、こんな高い場所から東京を見たことがない。寮と仕事場を往復するだけの日々を送っていたから、夜景から現在地をおおよそでも判断することができない。都心なのだろう、ということしかわからなかった。

「あ……」

アパートに帰りたいと思った。理由もわからず知らない場所にいることが怖かった。部屋を出ていこうにも、衣服がない。それに。

「お礼……、助けてくれた、お礼を言わないと……、病院代も、払えるだけ、払って……」

足りない分は西條に小遣いの前借りをしようか、と考えていた時だ。

「…っ、ひ、ひぃ……っ」

いきなり背後から抱きしめられた。物音も、誰かが部屋に入ってきた気配もしなかったのに。あまりに驚いて情けない悲鳴をあげた響が、反射で逃げようともがくと、耳元であの甘く低い声が囁いた。

「これだけ元気なら、もう大丈夫だろう」

「あ……」

自分を助けてくれた、美しくて風変わりな男だ、とわかった。相手がわかったからといって、響は安堵はしなかった。それどころか、またしても理由の知れない恐怖に襲われた。体がふるえだす。どうしてこの男がこんなにも恐ろしいのかわからない。わからないからこそ、自分が覚える恐怖に怯《おび》えた。男の腕を振りほどいて逃げたい。そう思うのに、あまりの恐怖で体が硬直して、ただふるえるばかりだ。男の低い笑い声が耳をかすめた。

「こんなにふるえて。逃げたことは怒っていないから、安心しなさい」

「あ、あ……」

逃げたってなんだ。こんな男は知らない。そう思って混乱する響を、男はヒョイと抱き上げてベッドに運んだ。切り花の撒《ま》かれたベッドに転がされた響は、慌てて男の顔を見て息を呑んだ。長い髪……背中を覆うほどの長い髪だ。

（え、え…？　助けてもらった、時は、短くなかったか……？）

それとも見間違いだったのだろうか。曖昧な記憶と相まって、響はさらに得体の知れない恐怖を膨らませ、喉を詰まらせながらも男に礼を言った。

「た、たす…、助けて、くれて……、あ、ありがとう、ございました……」

「どうした、そんな他人行儀にして。わたしを忘れたふりか？」

ベッドに腰かけた男が、美しいが恐ろしい微笑を浮かべて響の頬《ほお》をそっと撫でる。その優しさすら恐ろしくて、響は呼吸を乱して答えた。

「わ、すれた、とか……、ち、違います……」

「うん？」

「お、俺、ほんと、に……、あなたに、初めて、会った……」

「ああ……、下手にもほどがあるね、響。その嘘は」

「う、嘘じゃな……」

「それならどうして、こんなにふるえているの。初対面ならわたしを恐がる理由がないのにね？」

「わか、りません、でも、ほんとに、初めて会う……」

「わたしが誰で、自分がなにをしたか、わかっているから怖いんだろう？　大丈夫だから、響。怒ってはいないから」

「ひ…っ」

男の手がゆっくりと響の体を撫でた。その感触をなぜか知っている気がして、響はますます怖くなり、涙ぐんでしまった。

「ほ、本当に…、し、知らない、です……」

「……こんな強情な子じゃ、なかったのにねぇ。それとも本当にわたしを忘れた？　外遊びがそんなに楽しかったのかな？」

「知らない、知らな……っ」

「困ったね。本当に忘れているのなら、思いだす手伝いをしようか」

「あ、あ、いや……」

するりと動いた男の手が、響の乳首をいじり始める。とたんに体に甘い痺《しび》れが走った。こ

んなに男を恐ろしく感じるのに、気持ちに反して体は快楽を覚えるのだ。たちまち硬くとがった乳首をギュッとつままれ、ごまかしようもなく濡れた声をこぼしてしまうと、男は満足そうに目を細めた。

「ほら。体は覚えている」

「いやだ…、やめてくださ……」

「そうは言っても、体のほうは飢えているだろう？　可哀相にね。今たっぷり呑ませてやるから」

「いやだ……、いやです、いや……っ」

このままでは犯されると思った響は、体を返してベッドの上を這《は》って逃げようとした。しかし恐怖で強《こわ》ばっている体はうまく動かずに、たやすく男に捕らえられてしまった。右の手首と足首、左の手首と足首を、それぞれ切り花の茎を用いてくくられてしまう。響は、茎くらい簡単に引きちぎれる、と思ったのに、どんなに力を籠《こ》めてもちぎれないのだ。草花の茎というよりロープのようだった。その事実がさらに恐怖を増し、響は涙をにじませた。

「やめ、て、縛らないで…っ」

「いい子にしないからだよ。いつものように優しくしてほしいなら、おとなしくしなさい」

「やだ、いや……っ」

「……ほら、暴れるんだものねぇ」

響を拘束して、男は微苦笑をした。どうにもできなくなった響の体に男の手が這う。響の皮膚を味わうように撫でる手の動き……、やはり、この手を知っていると響は思った。

「お願いです、やめて、やめて…っ」

「意地を張るものじゃない。こうされると、たまらなくなるくせに」

ふふ、と笑った男が、響の後ろの穴にするりと指先をすべらせた。ク、と軽く押されただけで、響の体が発火した。猛烈な欲望が、あの、抱いてほしいという欲望が噴きだした。

「あ、あっ、そこいやですっ、やめて…っ」

「欲しくなるからだろう？　わたしから逃げている間、たしか……、六人の男をくわえこんだと思ったが。どうだった？　いくら抱かせても、飢えは満たされなかっただろう？」

「い…、いや、いやだ、さわらないで、こすらないで…っ」

「ほら、濡れてきた。わかるか？」

男が指をタッピングさせると、ピチャピチャといういやらしい音がして、響は愕然とした。なぜ、そこが濡れるのか。それよりも、なぜ見たことも、会ったこともない男なのに、男から与えられる愛撫《あいぶ》が体に馴染《なじ》んでいるのか。響はパニックを起こした。

「やめてくださいっ、やめて…っ、知らない、本当にあなたのこと、知らない……っ」

「体はもう思いだしているのに。わたしを忘れたなどと、嘘を言うものじゃない。それとも、響の遊び相手をしてくれた男……西條といったかな。あの男に妙な癖でもつけられた？　いやがるふりをしないと、気持ちよくしてもらえなかったの？」

「ああ、あ、それいや…、いや、撫でるのやだぁ…っ」

「知っているとも。気持ちよくてたまらないんだろう？　体の奥がうずいて、入れてほしくなる。あぁもうとろとろだよ、響。久しぶりすぎて、よだれが止まらないというところかな？」

「あ……あ……」

男に言われるまでもなく、感触でわかる。男の指がヌルヌルと穴を撫でこするのだ。ジェルもローションも使われていないのに、女性のように自分のそこは自ら濡れる。信じ難い現実と、犯してほしくてたまらない欲望と、男への恐怖で、響は惑乱し、涙をこぼした。

「ああ、お願、いです、もう…っ、も、もう……、駄目ぇ……」

「欲しいのなら、ちゃんと謝りなさい。嘘をついてごめんなさいと。何度も言うけれどね、響。外へ出たことは怒っていないのだから。さあ、ほら、忘れたふりをしてごめんなさいと言いなさい」

「ごめん、なさいっ、ごめんなさ…っ、でも、ほんとに、知らない…っ」

「……どういう強情だろうねぇ。妙な遊び癖をつけてきたものだ」

男はそう言って、おかしそうな、困ったような笑みを浮かべた。

「お遊びに付き合ってあげたいところだけれど……、こんなに体が飢えているんだ、可哀相で仕方がない。それとも、飢えているからご機嫌斜めなのかな？」

「あ、あ……、ああ……っ」

クチュリと音を立てて男の指が入ってきた。いきなり二本。それを苦もなく受け入れてしまった自分の体に衝撃を受けたが、指の挿入だけで腰がふるえるほど感じたこともまた衝撃だった。男の指がじっくりと中を探る。それだけで響の体は沸騰した。内壁が、まさに飢えたように男の指に絡みつき、搾《しぼ》り取るような動きを見せる。指ですらたまらなく感じた。

「あ、あ、いい……、も、もっと…っ」

「もっと？　ここ？」

「あ、ひっ……、いや、いやっ、そこいや…っ」

男の指は響の中の弱点を正確に責める。まるで男こそが響の弱点を開発したような、迷いのない指使いだ。響はまたたく間に上りつめた。

「あっい…っ、いく、いく…っ」

「中はまだ駄目。いくならこちらでいきなさい」

「あ、やあ…っ」

ぱたりと中への責めを止めた男は、指を呑みこませたまま、もう片手で響の前に指を絡めた。半立ちのそれを手際よくしごき立てる。笑ってしまうくらいあっという間に響は吐精した。

「は、ひ……」

「やはりねぇ。匂いも味も薄くなって……、可哀相に……」

響の出したものを指先ですくって味を見た男が、苦笑をした。

「出すだけ出して、空っぽにしなさい。そのほうが、甘くて濃い蜜《みつ》が早く溜まるからね」

「あ、う、や…っ、やめて中いや…っ、やだ、やだぁっ」

またグリグリと中を責められ、火のように体が熱くなる。けれどいく時は前をこすられて、射精を強制されるのだ。響は強いられる快楽で不自由な体をのたうたせ、嬌声《きょうせい》をあげながらも苦しさで泣いた。

「ひ……、ひ……」

声も枯れた。何度いかされたのかもわからない。花の茎で縛《いまし》められている両の手首と足首が、こすれて傷になっているのかヒリヒリと痛んだ。出し尽くして、もう快感のポイントさえわからなくなっているのに、やや乱暴にしごき立てられると勃起《ぼっき》してしまう。そうして中を責められると、透明な粘液だけがタラタラと漏れてくるのだ。いかされすぎて苦しくて、呼吸すらままならない。それなのに、足りない、と響は思った。西條や、ほかの男たちに抱かれていた時に感じた、あの強烈な物足りなさ。これじゃない、というもどかしさだ。男に再び中を責められ、快楽という苦痛に涙をあふれさせた響は、無意識に口走っていた。

「もうそれ、やだぁ……出して、中で、出して……、あれ、欲し……」

「わたしを忘れたふりはおしまいにする？　ほら響、中に出してほしかったら、わたしの名を呼んでごらん。いつものようにおねだりすればいい」

「し、知らない、知らな…っ、あ、お願、欲し……、中、出して……、出して、中に、出してぇ……」

「響。おねだりは、わたしの名をちゃんと呼んで、しなさい」

「知らな…っ、ほ、ほんとに、知らないんです……っ、お願、お願いだから、入れて、中に出して……っ」

「憎らしいくらいに強情だ。が、これ以上いじめたら、枯れてしまいそうだね……」

男は眉を寄せると、響を責め苛《さいな》んでいた指を抜き、手足を縛めていた茎をするりとほどいた。折れ曲がっていた茎は、男がすぅと指で撫でると、驚くべきことに元の真っすぐな茎へと戻った。ふふ、と小さく笑った男が、息も絶え絶えな響を眺めながら衣服を脱ぐ。響の足の間に体を割りこませ、手触りのいい肌を味わうように足を撫で下ろし、尻を摑んだ。

「久しぶりに綺麗な花を見せてごらん」

「あ、あ、早く、早く……っ」

さんざんいじられ、責められ、とろけきった響の穴に、猛《たけ》った男のものが押しあてられる。それを待ち焦がれていた響は、ん、ん、と喉で泣いて自ら腰を突き上げた。淫らな響の様に目を細めた男が、グッと腰を進め、一息に響を貫いた。

「ああぁっ、…いい、いいっ、もっと、…あっあっ、もっとぉ…っ」

男に突き上げられるたびに、快楽で体がとろけ、もっともっとしてほしくて、響は泣いてねだった。男の熱も、硬さも、形も、なにもかもが体に馴染む。絶妙な緩急、強弱をつける腰使いにも、こうしてほしかったのだと体が悦ぶ。響の腰を両手で掴んだ男は、軽々と響の下半身を持ち上げて、膝立ちで響を責めるのだ。深く突かれてもずり上がって逃げることはできず、グラインドさせた腰でねっとりと中を責められても、シーツを掴んでよがることしかできない。快楽の渦に叩きこまれたようだった。

そのうち。

「ああ……、咲いてきた」

男がほほえんだ。かすれた嬌声をあげる響の体に……、響が散々放ったものでぐしょぐしょに濡れた腹に、腿に、ふわっとカサブランカが、オリヅルランが、ゲッカビジンの花の画《え》が浮き上がったのだ。ふふ、と笑った男が己れの剛直で響の弱点を突きこする。響の悲鳴に合わせるように、首筋から胸へとかけて、またふわりと、さまざまな花の画が浮きでた。けれど響は自分の異変に気づかない。気が変になりそうなほどの快楽と、それなのに物足りない感じ。体の芯の飢えとでもいうようなものに苛まれて、響はただよがり泣いた。

「も、許して、許してっ……、出して、中に…っ、出してお願い、欲しいぃ…っ」

「いいとも。可愛い響、綺麗な花を咲かせてごらん」

「あっ、ヒッ、いいいぃ……っ」

表情を変えずに男が響の中で放つ。その瞬間、意識が飛びそうになるほどの強烈な、それでいて極甘な快楽に全身を満たされた。

「あ……、あ、あ……」

溶ける、と響は思った。体が、細胞の一つ一つまで快感でとろけていくのを感じた。理由もわからず、これが欲しかった……、そう思った。

「ん、ん……」

あまりの悦楽で響は夢心地だ。その耳に、男の甘くて低い声が届いた。

「響、ごらん。これでもまだ、忘れたふりを続けるつもり？」

「ん……」

眠りに落ちそうになっていた響は、男の声に引き戻され、重たいまぶたを開けた。そうして、目に入ってきた自分の体を見て呼吸を止めるほど驚愕した。

花──。

自分の全身に、色とりどりの無数の花が浮かび上がっていた。まるでアートのように、ボディペインティングで描いたように。目を見開く響に、男はゆっくりと体を離すと、うたうように囁いた。

「今日はすばらしく綺麗だ。わたしの花……」

「あ、あ……あぁぁっ！」

一気に。雪崩《なだれ》をうつように記憶がよみがえった。

◆2

響の実家は北関東の外れにある。

昔からの農家だが、父親の代で専業から兼業農家になった。昔ながらのむやみに広い母屋《おもや》に、祖父母、両親、長兄、次兄、響と妹という八人で住んでいた。母屋の裏には叔父《おじ》家族の住む家もある。家の敷地から外に出ると、一面の田圃《たんぼ》の真ん中を高速道路が真っすぐに突っ切っているのが見えた。そのほかには、歩いて十五分はかかる隣家が向こうに見えるだけ……、そんな地域だ。

父親は協同組合に勤めているから、田圃仕事は祖父母と母親と叔父の妻が主に担い、響や次兄、妹はその手伝いや家事、雑用を当然のようにやらされてきた。家にとって大切なのは跡取りだけ。それ以外はただの労働力だった。けれど周りの家もみなそんな感じだったから、それが当たり前なのだと思っていた。長男はお殿様。残りはすべて使用人。

だが、響が高校三年になった時に、思いもしなかったことを父親に言われた。高校を卒業したら、祖父の知り合いの農家に、婿養子として入ることが決まった、と。結婚相手はその家の長女で、三十歳をいくつか過ぎているという。もちろん響はいやだと思った。会ったこともない、しかもそんな年上の女性と結婚するなど想像もできないし、農家に婿に入った男が牛馬のような扱いを受けることは、小さい頃から実際に見てきた。今も使用人の扱いで発言権などなかったが、しかし向こうに婿に行ったなら、無視されるのではなくあらゆる嫌味を言われ続けるだろう。いくらこき使われることには馴れているとはいえ、そんな日常は考えただけで病んでしまいそうだった。

だから、いやです、と生まれて初めて口答えをした。けれど思ったとおり、祖父からも父からも長兄からも暴力を受けた。もう約束をしたことだ、祖父の面子《メンツ》を潰すつもりか、家の立場はどうなる、支度金だって受け取っているんだ――。響は鼻血をすすり、あちこち痛む体を撫でながら、そうか売られるのか、と思った。まったく馬と同じ扱いだ。だから響は逃げた。十八になり、運転免許を取得したその日に、身の回りのものをリュックに詰めて、長兄の財布から入っていただけの紙幣を抜き取って逃げた。東京へ、東京へ行こう。東京へ出ればきっとなんとかなる。そう思って。

東京に着いてからは、とにかく仕事と住む部屋が必要だと考えて、コンビニに置いてあった求人のフリーペーパーから、住み込み可の仕事先へ片端から応募した。けれど中卒で十八になりたての、しかも家出少年を雇ってくれるまともな店などあるはずがない。住むところがないんです、と泣き言をこぼした響に、面接をしてくれた清掃会社の担当者は、哀れむような目で、ネットカフェで寝られるから、と教えてくれた。ネカフェを泊まり歩き、求人誌の求人では駄目だと思って、歩いて仕事を探した。定食屋やうどん店、ラーメン店、弁当屋やチェーンではないファミレスなど、少しずつ時給のいい店に移り、それなりに生きてきた。実家から逃げてきたのに、楽しいとも思えない毎日を過ごしていたが、自分の面倒だけを見ればいいという生活は楽だった。

だから時給のよさに引かれて夜の店で働くようになったのも、当たり前といえば当たり前な流れだった。カラオケパブでの雑用から始まり、ピンサロ、セクキャバで裏方仕事をこなし、さらに待遇のいい店を求めて、キャバクラ『ナイトガーデン』へ面接に行った時には、二十歳《はたち》になっていた。フロアマネージャーだという男は、履歴書をさらりと見ると響に言った。

「キッチンに入ってもらうけど、ホールのほうも手伝ってもらえるかな」

「あの俺、ホールの経験、ないですけど」

「いいよ、見習いって形で入ってくれれば。ヘルプのヘルプしてくれればいい。百円上乗せするよ」

「あ、はい、やります」

時給百円増しは大きい。響は即答でホール見習いも引き受けた。

見習いとはなんだと思いながら店を移ってきて、初日に納得した。いわゆる雑用だった。店が混んでくるとエプロンを外してフロアに出て、客の上着や荷物を預かって保管したり、テーブルの灰皿や使ったグラスを回収したり、お絞りを運んだり。要するに人手不足だが、正規賃金でフロア係を雇う余裕はない、代わりに響に百円でフロア係のようなこともさせようということだと思った。

皿洗いをしたりフロアの用をこなしたりと、たいていの人なら、百円増しじゃ割りに合わないと思うほどの仕事倍増状態だが、響は実家で、この五倍はこき使われていたから、特になにも思わず淡々と仕事をこなしていた。そろそろラストオーダーという頃合になり、響は考えた。

(グラス引き取ってきてラストオーダー頼ませてしまおう)

エプロンを外してフロアに出た響は、カウンターの端で水割りを飲んでいた客に呼び止められた。

「見ない顔だな。今日からか」

「はい、灰谷といいます、よろしくお願いします」

「ふぅん……」

男はなんとなくゾッとする暗い目で響の全身を眺めると、ぼそぼそと言った。

「店閉めたら、事務室に来な」

「あ……、はい……」

誰だろう、店関係の人だろうかと考えながら仕事をこなし、言われたとおりに閉店後、事務室に向かった。

「失礼します」

断って事務室に入ると、ビニール製の安物のソファセットに、先ほどの男が座っていた。相変わらず暗い目で、検分するように響をじろじろと眺める。そのうちに男の目が、いやな感じに光った。

「ずいぶん綺麗な顔してるな」

「あの、はぁ……」

「俺は桑島だ。この店の店長やってる」

「あ、俺はキッチンとホール雑用で、…」

「いいよ、そんなことは」

自己紹介しようとした響をさえぎり、桑島はチョイチョイと響を手招きした。そばに近づいた響の腕を摑むと、強引に自分の膝の上に座らせたのだ。驚く響の胸元に顔を寄せた桑島が、スン、と匂いを嗅《か》いで、低く笑った。

「女みてぇな甘い匂いがする」

「あの……」

響は狼狽《ろうばい》した。今まで生きてきて赤の他人とこんな近距離で接したことも、ましてや膝に乗るなどしたことすらない。桑島は、どうも残酷に感じる薄笑いを浮かべながら言った。

「顔も綺麗だが、雰囲気が……おかしいよ、おまえ。男を変な気にさせる」

「あの、はぁ……」

「セクキャバとかで働いてたんだよな。前の店で、男に抱かれたことは。あるのか」

「な、ないです……」

「粉かけられたことは？」

「それも、な、ないです……」

「一番乗りは俺か。運がいいや」

　桑島は小さく笑い、響のシャツに手をかけた。うろたえながらもじっとしていると、響の上半身を見た桑島が、感心したようにふれてきた。

「へぇ……、綺麗な肌してるな、おい。洗い立ての女みてぇだ。ああ、たまんねぇ匂いがする。あんなのは都市伝説だと思ってたが、いるんだなぁ、マジで」

「あの、あ、あの、……」

「俺が最初に手に入れたんだ。おまえは誰にもやらねぇ。そうだな……、半年、ここで仕事覚えろ。そうしたら上のクラスの店に移してやる」

「他店、ですか……？」

「どっちも俺が店長やってる。誰にも手は出させねぇから心配するな。おまえも、フルで入れば月三十万は稼げるぞ。寮だってマンションに入れてやれる。どうだ、いいだろ？」

「あの、はい……」

「よし、いい子だ。問題は、男相手に立つかだな。くわえてみろ、響」

「え……」

「ほら、床にしゃがめ。教えてやるから、くわえてみろ」

「あの、……はい……」

強引に桑島の股間《こかん》に顔を押しつけられて、響が思ったことは、汚いな、とそれだけだった。せめてお絞りで拭いてくれたらな、と。当然響は男のものをくわえたことなどないし、そういう意味で同性に性的な興味を持ったこともない。けれどそれは響にとって、自分には関係のないこと、どうでもいいこと、と同じ意味だ。毒親からずっと虐《しいた》げられてきた響は、意に沿わないことを強制されることが当たり前になっている。自分はそうされてもいい人間なのだと思いこまされているのだ。

ためらいながらも桑島のものを口に含み、言われるまま舌や唇を使った。桑島のそこは、たちまちのうちに硬く熱く充血した。はは、と桑島が笑った。

「驚いた、男の口で立ったよ、こんな下手くそなしゃぶり方だってのに」

「ん、ん……」

「そんな目で見るなよ、出ちまいそうだろ。よし、テーブルに手ぇついて、ケツこっちに向けろ」

「…、……」

なにをするのか、と聞こうとして、やめた。男が勃起した。目の前に突っこめる穴がある。とすれば、そういうことになると思った。響は立ち上がり、自分でスラックスと下着を下げながら、初体験が男というのは想像外だなとぼんやりと思った。いやだなとは思ったが、そこで逆らうという発想が響にはない。発言権なし、響の意志は無視という環境で育ってきたせいだ。店の女の子たちが営業成績のために客とこうしたことをしているのは知っていたし、自分も桑島と寝ることで月収三十万の店に行けるならいいか、と軽く考えている。

しかし、男が初めての響と、同じく男を抱くのは初めての桑島では、響にとってよい結果になるはずもなかった。終わった時には響はかなりの怪我をして、立ち上がることもできないほどだった。だが桑島は舌なめずりをすると、鮮血で濡れた響の後ろから萎《な》えた己れを抜き出して、満足そうな吐息をこぼした。

「ああ、たまんなかったぜ、響。ケツの穴ってのはこんなにいいのか。……いや、おまえだからだな」

「あ、う……」

「くそ、俺のチンポも血塗《ちまみ》れだ……、悪かったな、響。そういやケツは女みてぇに濡れねぇもんな。今度はおまえもよくなるように、どうやりゃいいのか、聞いておくから」

「……」

「大橋《おおはし》ビルの五階に医者がいる。内浦《うちうら》って医者だ、この時間でも診てくれるから、行ってきな」

「は、はい……」

「ああ、看板も表札も出てねぇから。513号室だ、『ナイトガーデン』から来たって言えばいい」

「……」

響は力なくうなずいた。

治療費込みなのか、結構な額の小遣いをもらい、教えられた闇《やみ》医者で処置と、薬を出してもらった。桑島も響に悪いと思っているのか、怪我が治ってからも響を抱くのはせいぜい月に一、二度ほどだった。

それでも桑島が響に執着していることは誰の目にも明らかだった。桑島はいつもラストオーダーあたりで店にやってくるが、それから閉店までずっと、響をそばにおいて離さなかったし、店がひけてからは度々響を食事に連れていき、後ろを使う以外の方法で響との性行為を楽しんだ。その日財布に入っていた千円札を小遣いにもらい、後ろを使ってセックスをした日はそこに万札が何枚か加算された。貯めると結構な額になったので、響はもう一つのバイトをしているつもりで、ぼんやりと桑島との関係を続けていた。

そんな調子だったから、もちろん響は桑島本人には無関心だった。その日、ロッカールームに続く通路で、店の女の子に足を踏まれるまで、周囲の状況にも気づかなかったくらいに。

「あ、あの……っ」

足を踏まれる、というよりも、上に乗られた。両足の甲の上に、ピンヒールで甲に穴を開けるつもりなのかと疑うくらい、体重をかけて。壁に追い詰められているので、一見では女の子に言い寄られているようにも見える。足が痛いが女の子を突き飛ばして怪我をさせてもいけない。痛みに顔を歪める響に、女の子は至近から、憎々しそうに言った。

「顔が女みたいだから、男にもヤラせんのかよ。キモイんだよ、ヘンタイ」

「あの、俺…っ」

「ちょっとあの人に可愛がられてるからって、いい気になんじゃねーよ」

「違います、俺っ、…」

「おまえなんか便所と変わんねーんだよ。あの人に色目使うな、さっさと店辞めろ、キモオカマ」

「あ、イッ」

最後にギリギリとピンヒールをねじこむようにして、女の子は身をひるがえした。思わずその場で靴を脱ぎ、足の様子をたしかめると、穴は開いていなかったものの、ヘコむほど跡がついて内出血している。あの女の子が桑島の愛人だとは今の今まで知らなかった。響は足の甲を撫でながら小さな溜め息をこぼした。

「……俺なんか本当にただの穴だし、便所だよ……、あの子が嫉妬するほどのものじゃないのに……」

困ったことになったと思った。あの女の子は売れっ子だから、店で機嫌を悪くされたらまずい。店を辞めるのは構わないが、それは同時に住む部屋をなくすということになるので、今日の今日というわけにもいかない。響はトイレ掃除のチェックをしていたマネージャーを見つけると、そっと相談した。

「……、そういうわけで俺、誤解されてて、お客さん相手にキレられたら困るし、俺が店を辞めたほうがいいと、思うんですけど……」

「辞めるなんて困るよ、灰谷くん」

マネージャーは眉を寄せ、響をとがめるように言った。

「ちょっとやめてよ、あんたに他店に行かれたら、俺の首が飛んじゃうよぉ。店長を怒らせないでよ」

「でも、あの子、店長の恋人なんじゃ……」

「気にしない、気にしない。店長は灰谷くんが気に入ってんだからさ。女の子たちとロッカールームは離れてんだから、そばに行かなきゃ平気だよ、大丈夫、大丈夫。とにかく店長の機嫌を損ねないで。ね？」

「はぁ……」

ペコリと頭を下げてトイレを出た響は、はあ、と溜め息をこぼした。桑島の機嫌を損ねないために店を辞めるわけにはいかない、といって響を邪魔に思う女の子にマネージャーが注意をしてくれるわけでもない。ということは、女の子からのいじめにはひたすら耐えておけということだ。フロア見習いなんてそんなものだろうとは思うが、辞められないというのはキツいと思った。

「半年経ったら、お店移してくれるってことだし……」

それまでビール瓶で頭を殴られないように注意しようと思った。

桑島が来るのはラストオーダー頃だが、女の子からの嫌がらせは開店前から始まる。辞めろと言ったのに辞めない響に、日に日に頭に血を昇らせているようで、客から見えないところで蹴られたり、ビンタは顔に跡が残るから頭を叩かれたりは日常茶飯事だったし、フロアではお絞りの合図を貰って持っていくと、氷を持ってこいと言ったんだと、小馬鹿にするように叱《しか》られた。とはいえ響は毒親と毒兄のおかげで虐げられ馴れているので、そうしたいじめもあまり堪《こた》えていない。それがまた、女の子の怒りを増幅させるという、非常な悪循環になっていた。

響が『ナイトガーデン』で働き始めて、そろそろ四ヵ月に入ろうかという頃だった。

その日、めずらしく桑島が店に顔を出さなかった。響が尋ねたわけではないが、マネージャーがわざわざ、上のほうの人たちで会議があるらしいよ、と教えてくれた。へえ、と思った響は、桑島は数店の店長を兼任しているが、社長とかじゃないんだな、とぼんやりと考えた。中学も高校も家の手伝いでまともに通っていなかったから、親会社とかグループ企業とか、そうした社会のいろいろなことを響は知らないのだ。

（ああそうか、今日は桑島さんが来ないから、あの子からの嫌がらせがないのか）

出勤してきた時からご機嫌だったのは、そういうわけか、と納得した響は、桑島が会議で店に来ないことを知っている女の子のほうが、なにも知らない自分よりもよほど桑島と親密だというのに、どうして自分に嫉妬するのだろうと、つくづく不思議に思った。平和に一日の仕事を終え、久しぶりに真っすぐアパートに帰れると思い、響は楽しくて小さく笑った。

桑島に食事をご馳走になるのはありがたいが、そのあとのご機嫌取りが、たとえしゃぶるだけだろうが素股《すまた》だろうが、気を遣うし疲れるから、億劫に思っている。強い希望ではないが、薄ぼんやりとした本音としては、仕事が終わったらコンビニの弁当を食べながら家でダラダラしたいのだった。

響はフロア見習いもしているが、厨房が本来の仕事場だ。制服の上にエプロンをかけて皿洗いをすませると、私服に着替えてからゴミをまとめ、キッチンの先輩に言った。

「ゴミ出してきます」

「おう、いつも悪いね。出したら帰っていいから」

「はい、お先に。お疲れ様でした」

業務用のゴミ袋を持って店を出て、通りに面した所定の収拾所にゴミを置く。さて今日はなに弁当を食べようかなと、情けなく鳴る胃袋を撫でながら歩きだそうとした時だ。自分の真横に大型のワゴン車が急停車したかと思うと、スライドドアが開き、声をあげる間もなく車内に引きずりこまれた。あまりのことに、ドラマの登場人物になってしまったような気がした。すぐに急発進した車内後部は、リアシートが倒されてフラットになっている。見るからにまともな職には就いていないと思われる男三人に押さえこまれ、ミニタオルを詰めこまれた口にダクトテープを貼《は》られた響は、引き裂くように衣服を剝《は》がれたところで、やっとなにをされるのか察した。抵抗したが、乱暴馴れしている男から手加減のない張り手をいくつか食らうと、めまいがして抵抗もできなくなった。男たちはうつぶせにした響の両腕をダクトテープで拘束すると、息を荒らげながらジーンズと下着を抜き取った。

「男相手に立つかと思ってたけど、立ったよ、俺ヤバい？」

「こいつ、なんかいい匂いするし、エロい体してるじゃん、立つって、俺も立ったし」

「ケツってマンコよりいいって聞いたぞ、俺先にヤラして」

「つかこれ、入んの？」

「裂いちまえばいいじゃん、使いもんにならなくしろって言われてんだ」

男たちは口々に言いながら、響の尻を高くかかげ、後ろから犯そうとした。ジェルもローションもないどころか、指で馴らしも拡げもしないままだ。響の口からくぐもった悲鳴が洩《も》れると、男が舌打ちした。

「入んねーよ、どうやんだよ」

「バイブ突っこんで拡げりゃいいじゃん。立たねぇと思って持ってきてよかった」

「はは。ガバガバになったりしてな」

笑う男たちに、響は玩具《がんぐ》を無理やりに挿入された。恐怖と嫌悪、犯されたくないという思いから、体を硬くしていたことが、さらにひどい結果を招いた。粘膜は裂け、鮮血がしたたり、響の白い肌を彩る。ふさがれた口で響が悲鳴をあげると、男たちはさらに興奮した。さんざん玩具を使って響のそこをズタズタにし、今度は自分たちのいきり立ったものを容赦なく突っこんだ。

走り続ける車の中で、響は繰り返し犯された。ひたすら暴力だった。ただの暴行だった。叫びをあげ続けた声は枯れ、もはやうめきしかこぼすことはできない。犯されている部分だけではなく、全身が痛んだ。激痛で意識が遠《とお》退《の》き、新たな激痛で引き戻される。穴の入口だけではなく、直腸にも裂傷を負った。響の尻も腿も、血塗れだ。

どれほど時間が経っただろうか。男たちが凌辱《りょうじょく》をやめたことも、車が停まったことも気づかなかった。スライドドアが開かれ、響はそこから車外に放り捨てられた。

「……」

投げ捨てられた場所はゴミ収拾場所だった。響はゴミとして扱われたのだ。耳鳴りのひどい響の耳に、遠く、男たちの声が届いた。

「ビッチのクソオカマ。これに懲りたら二度と桑島さんに色目使うんじゃねぇぞ」

「次は殺す」

そして、車が走り去る音。ああ、と響は初めて理解した。これは桑島の愛人の、店の女の子の差し金なのだと。ゴミの山に体をあずけ、響はぼんやりと、次はない、どうせここで死ぬ、と思った。尻の穴も、腹の奥も、腰から下がすべて焼けるように痛むのに、なぜか体の芯《しん》は凍ったように冷たく感じた。心臓は早鐘を打ち、呼吸が苦しい。放り捨てられた時にゴミ収拾所の電柱に頭をぶつけたのか、激しい頭痛もする。目は見えるが、ものが二重に見えるのが不思議だった。体中のこの痛みが薄らいでいったら、その時死ぬんだろうと思った時だった。

二重に見える視界の中に、男の姿を認めた。通行人、と思った響の心に、諦めから生きたいという希望が湧いた。男が近寄ってくる。響の目から枯れはてたと思っていた涙がこぼれた。

「た……すけ、て……」

囁きのような声しか出なかったが、それでも男に助けを求めることができた。男が響の足元まで近寄ってきた。

「助けて……くださ……」

力を振り絞って懇願した響を、男はなぜかじっくりと眺め下ろすと、手を伸ばし、あごを掴んだ。

「……これはまた、綺麗な子だ」

瀕死の響を前に、男はのんびりと、感心したふうに言った。その声は低く甘い。

「綺麗だし、とても可愛い」

「たす……て……」

「手足が長くて、体も綺麗だ。男を惑わす匂いがする。妖艶《ようえん》で、こういう子は持っていない。いいね。欲しい。わたしの理想だ、気に入った」

男はうなずいてほほえむと、響の髪をさらりと梳《す》いて言った。

「わたしの人形になるか？　人形になるというなら助けてやろう」

人形、と痛む頭で響は考えた。それはつまり男の好きにしてもいい存在、愛人、という意味だろう。ゴミ捨て場で、全裸で、尻から血を流して死ぬくらいなら、愛人でもなんでもいいから生きたいと思った。たとえ男がヤクザの大親分でも構わない。

響はかすかにうなずき、助かるという希望でぽろぽろと涙をこぼしながら答えた。

「なりま、す……人形……、だか、ら……たす、け…くださ……」

「いいとも」

男は満足そうに笑うと、軽々と響を抱え上げた。近くに停めてあった車の後部シートに乗りこむと、まるきり人形にするように響を膝の上に抱いた。ああ、これで助かるんだ、病院に連れていってくれるんだ……。安堵で気を失いそうになった響だが、新たな痛みに襲われて目を見開いた。

男の指が、響の傷だらけの穴を探ったのだ。

「ヒ……ヒ、ヒィ……っ」

かすれた悲鳴をあげて逃れようとしたが、痛めつけられた体はピクリとも動かない。痛みで涙をこぼす響に、男は眉を寄せて言った。

「ずいぶんと奥まで傷つけられている。出血もひどい……、これでは屋敷までもたない」

せっかく理想の子が見つかったのに。男はそう呟いて響の後ろから指を抜いた。ほっとした響は泣きながら、医者に連れていってほしいと懇願した。男は優しい笑みを浮かべると、向き合うように響を抱き直した。

「すぐに治してあげる」

「お願、しま……、あ、あっ、やめ、あぁぁ……ッ‼」

あまりの激痛で響の目の前は真っ赤に染まった。男が、鮮血で濡れる響の後ろを、悪夢のように太く長いもので犯したからだ。痛みで響の全身が痙攣した。見開いた目からはとめどもなく涙があふれる。呼吸すらできなくなり、響は意識を手放した。

体が、熱かった。

「は、あ……う……」

あのひどい暴行のせいで、熱が出ているのだろうかと思った。裂かれた場所や腹の中が特に熱い。全身は砂を詰めたように重たいが、痛みは体のどこからも感じない。ああ、助かったのだ、と思った。病院で、手当てをしてもらったのだ、と。安堵をしてつむっていた目を開けた響は、ヒッ、という小さな悲鳴をあげた。目の前に、男の顔があった。怖さを感じるほど美しい男だ。誰だ、なんで、と思う響に、花のような笑みを浮かべて男が言った。

「ああ、気がついた。よかった」

その甘く低い声で、自分を助けてくれた男だと響は気づいた。こんなに綺麗な人間がいるのかと見惚《みと》れながらも礼を言おうとした響は、ふふ、と笑った男に軽く突き上げられて愕然とした。

犯されている。熱いと思ったのは、男が入っているからだ。

「あ、や、やだ、なんで……」

「もう何回、おまえの中に出しただろう。治るのにずいぶんとかかった」

「あう、あ…っ」

「怪我をする前から、きちんとした食事をとっていなかったね？　体もかなり疲労していた。

でももう心配しなくていい。わたしが大事に世話をするから」

「や、やめて、待って、あっあっ」

大事に、という言葉のとおり、男は優しく、卑猥に腰を使った。桑島の、ただ突きまくるだけの乱暴なセックスとは雲泥の差だ。男に抱かれるのはただ苦しいだけだと思っていたのに、この男に突かれ、引き抜かれると、肌が鳥肌だつほど感じてしまうのだ。他人から与えられる快楽、それも脳が沸騰するような快感に響は溺《おぼ》れた。

「あ、あっ、いいっ、気持ちい…っ」

「うん？　気持ちいい？　欲しいだけあげるよ、可愛い子」

「あ、あひっ、ああ、いいっ、いいぃ…っ」

いくらもたたずに響は達した。だが男はじっくりと執拗《しつよう》に響を責める。波のように快楽が襲ってきて、響は男の腕にギリッと爪を立てた。

「も、やめて…っ、やめ、ひ、ああっ」

「もっと気持ちよくしてあげるから。わたしに抱かれたくて、たまらなくなるようにね」

「あ……、あ、いやだ、なんか……、あ、やだ、やめて……っ」

体の奥からもどかしい快楽が湧き起こってくることに気づき、響は惑乱した。入口をこすられる快感とも、前をしごかれる快楽とも違う。体の力が抜けてしまうような、わけもなく泣きたくなるような、なんともいえない……、しかし、たしかに快感なのだ。

「ああ……、やめて、お願いです、やめて……」

体が変わっていく。それがわかって怖かった。自分の気持ちとは関係なく、響の中は波打つように動き、男のものにまとわりつき、男が体の中から与えてくれる快楽をもっともっと得ようとするのだ。

「あ…あ、あっ、やめて、やめてっ…なんか、来る……来るぅ……っ」

「いく、の間違いでしょう？　ほら、とどめだ」

「あぁぁぁ――――ッ‼」

絶叫した。それくらい強烈な快感だった。射精の快感など子供騙《だま》しだと思うくらいに、体中で絶頂した。弓なりになった体を痙攣させ、自分でもわけのわからないことを叫び、長く、長く、絶頂感にさらされた。

「ああ……、は、はぁ……」

大きな波が去り、響は朦朧《もうろう》とした。それほどに深い快楽だった。自分の後ろから男が抜きだしたことも気づかず、快楽の余韻に浸る。男は響を抱き寄せて添い寝をすると、ふふ、と笑った。

「性の快楽を知らなかったのかな。本当に可愛いね。……手懐けるのは簡単そうだ」

響に男の声は聞こえていたが、理解はしていなかった。疲れたというより、自分というものが溶けてしまったように、身動きも、なにかを考えることもできなかった。男の腕の中で甘やかされているうちに、やっと興奮が鎮まり、それとともに羞恥《しゅうち》が湧き起こってきた。響は抱きこめられた男の腕の中から、目元を染めて男を見上げた。

「あ、あの……」

「うん？」

間近から美麗な顔で見つめられるとどぎまぎしてしまう。響はますます顔を赤くして言った。

「助けてくれて、ありがとう、ございました」

「たまたま通りかかってよかった。ゴミの山に、こんな可愛い子が落ちているなんてね」

「あ…はぁ……」

落ちている、なんて妙な表現をするなとは思ったが、とにかくしっかりと礼を言うことが大事だ。そう思い、響は続けた。

「本当に、なんてお礼を言えばいいのか……、ありがとうございました。俺は、灰谷響といいます。あの、あなたは……？」

「わたし？　花森《はなもり》と、呼ばれている」

「あ、はい、花森さん」

呼ばれている、と自己紹介するのも変わっていると思った。助けてもらったことは感謝に堪《た》えないが、目が覚めたら抱かれていたという状況は異常で、いろいろと混乱していた。なにからどう話せばいいのかと困りながら、響は言った。

「あの、ここ……は、病院じゃ、ないんですよね……」

「わたしの屋敷だ」

「はい、あの……、病院、あの、治療費は、どれくらいかかった、んでしょうか、あの、あまりお金、ないので、すみませんが、分割でお願い、したいんですが……」

「心配はいらない。わたしのものはわたしが治すのが当たり前だろう？　病院になど持ちこんでいない」

「あの……、え、と……」

それはお抱えの医師がいるということだろうか？　響がますます混乱すると、花森はふふと笑って響を抱きしめた。

「響はわたしの人形になるのだからね。病気も怪我もさせないように、メンテナンスはしっかりする。なにも心配しなくていい」

「あ、はい……」

そうだった、と響は思いだした。助けてもらう代わりに、花森の人形に……愛人になると約束したのだった。

（だけど、完治して、目が覚めてないのに、抱くのって……）

かなり危ない人なんじゃないか、と少し不安になった。しかしとにかく、人に迷惑をかけてはいけない。響は花森の胸でギュウギュウ抱かれながら言った。

「あの、治療のお礼もあるし、それに約束ですから、花森さんの、その、相手はいつでもします。でも俺、今働いているお店の店長に目をかけて、もらってて、それで……、二股みたいなことに、なってしまうんですけど……、それでもいいですか……」

「二股？」

男は声を立てて笑った。

「なにを言いだすかと思えば。響がその男と寝ることはない二度とない。二股などさせないよ。響はわたしだけの人形になるんだ」

「はぁ、あの、もちろん花森さんは、命の恩人だから、花森さんを優先します。でも働かないとならないんで、アフターに付き合わないと、首になるんで、…」

「うん？　働く必要はないだろう」

「あ、あの…、じゃあお店変えます……」

「だから、働く必要はないと言っているんだよ。響はわたしの人形になるんだ。わたしがすべて、世話をする」

「あ、はぁ……」

男の手が響の体をいやらしくまさぐり始める。またヤルのかな、と困惑しながら、花森が響の世話をすべてするというのは、本格的な愛人契約を結ぶということだろうかと考えて、真っすぐに尋ねた。

「それは、あの……、俺のこと、囲うっていうか、住む部屋とか、生活費とか、ぜんぶ花森さんが……?」

「響はわたしの屋敷で暮らすのだから、住居の心配はいらないだろう。金が欲しいか?」

「いえ、お金が欲しいというか、生活費がいるので……」

「金なら欲しいだけやろう。ほかに欲しいものはなんだ? 望むものはすべて与える。どんな贅沢もさせてやる」

「え……、いえ、いえっ」

なんというセレブ発言。こんなことを真顔で、というかほほえみながら言う人になど、響は初めて会う。若干怖じけて、身をすくませながら、なんとか響は答えた。

「あ、りがとう、ございます、でもなんていうか、一ヵ月か一年かわからないけど、花森さんが俺に飽きて捨てた時、俺、仕事してないと、食べていくのに困るので……」

「困らないだろう?」

「いえ、えと、お手当ては、貯金しますけど、一生食べていけないから、それに俺、二十一だし、十年したらいいバイトもなくなるし、だからせめてどっかの会社で社員になりたいと思ってて、そのためには職歴が、途切れるのは困るので、とにかく、仕事を続けてないと……、なので、丸々囲うのは、勘弁してください……」

だらだらと極めて要領が悪かったが、言いたいことは言えた。こんなにいっぺんにたくさん喋ったのは初めてで、それだけで心臓をドキドキいわせていると、花森がククと笑った。

「十年後とか。響が考える必要はない。ずっとわたしが大事にするから」

「あの、そういうことじゃなくて……」

話が嚙《か》み合わなくて響は困惑した。もし花森が大金持ちで、もし響が女性だったら、そしてもし子供ができたら、二号さんや三号さんや四号さんとして、生涯の生活費はもらえるかもしれないが、そうではないのだ。響は自分の将来に夢も希望も持っていないし、それについてがっかりもしないが、それでも生きていかなくてはならない。食べていくだけのお金を稼がなくてはならないのだ。二、三年囲われて捨てられたら、本当に仕事が見つからなくて困るのは目に見えていた。

「仕事をなくすのは困るんです、早めにお店変われるように努力するので、それまでは午後三時から夜中の三時までバイトさせてください、だから花森さんと会うのはそれ以外の時間でお願いします、もちろん店長ともう寝ないし、…」

「黙って」

花森は響の唇に人差し指をあてて黙らせると、目を細めて言った。

「響はこの屋敷から出る必要はないだろう？　欲しいものがあればなんでも与える。どこか行きたいところがあるのなら、わたしが連れていくからね。その代わり、一人で出歩いてはいけない。だから仕事も行かなくていい。わかった？」

「でも、…」

「わたしは響が人形になると言うから助けた。人形はいつも持ち主のそばにあるものだろう？　それとも、わたしの人形になるのはやめる？」

「あの……」

「響が約束を破るなら、人形にはならないと言うのなら、わたしも響を元の有様に戻して、あのゴミ捨て場に捨てる。どうしたい？」

「……」

花森はひどく優しいほほえみを浮かべてそう言うのだ。響が約束を破ることを怒っているのではない。助けるから人形になれという、「契約」の話をしているのだと思った。つまり、花森は冷静なのだ。冷静に、本気で、契約を破棄するのなら、あの男たちがしたように、めちゃくちゃに響に暴行を加えて捨てるだろう。今さら、響は心底から花森を恐怖した。助けてもらったから考えないようにしていたが、花森はあの瀕死の響を、車内でためらいもなく犯したのだ。

（お、おかしい……、この人、頭、変だ……）

金持ちということが本当で、しかもイカれているのなら、これ以上はなく危険な男じゃないか、と思った。たとえば響を暴行しすぎて死なせてしまったとしても、跡形もなく処理して、響など元々いなかったことにしてしまうことだってできるだろう。

今はとにかく、花森に逆らってはいけない。そう思った響は、恐怖で体をふるわせながらもなんとか答えた。

「は、花森さんの、言うこと、聞きます……、この家から、で、出ません……」

「ああ、いい子だね」

花森はにっこりと麗しい笑みを浮かべ、響の胸元を、チリ、と痛むほど強く吸い上げた。

契約の口づけ——。響は漠然とそう思った。花森は響の頰《ほお》をそっと撫でると、ふふふ、と楽しそうに笑った。

「綺麗な響。なにを着せようか。いい子で待っていなさい」

「……」

響はこくんとうなずいた。花森が怖くて、喉が張りついてしまったように、うまく声が出せない。花森はするりとベッドを下りると、そのまま部屋を出ていった。一人になってやっと体から力を抜くことのできた響は、足元に追いやられていた掛け布を引きよせて、無意識に自分を守るようにそれで体を覆った。

「……」

小さな溜め息をこぼして、これからどうすればいいだろう、と考えた。

「……家から出たらいけないなんて、出たらあんな……、あんなことをするって、本気で言うくらい独占欲が強い人だし……」

　そんな怖い男を怒らせてまで、愛人をやめたいわけではない。ここから逃げたところで、そもそも響にはやりたいことがない。家族とも絶縁状態だ。誰にも迷惑をかけず、一人で静かに生きていければいいと思っている。だから一、二年、花森の愛人をやって、飽きられたら手切金としていくばくかのお金を貰い、そこからまた始めればいいかな、と思った。

「……夜の仕事は、もう怖いから、やめよう。昼間の仕事に就きたい……」

　けれど自分は中卒だ。「会社」というところに入るには、最低でも高卒でなければマズいだろう。

「高卒……、もう一回、高校行く……のは駄目だ、この家から出ない約束だし……」

　となれば高卒認定を取るしかない。響は溜め息をこぼした。高校三年の途中まで学校に通っていたとはいえ、勉強より家の仕事をしろと言われ続けてきた響は、中学レベルの学力も身についていないと自覚している。

「……でも、バイト行けないなら、時間はあるし……」

　花森が言ったことが本当なら、いろいろなテキストも買ってくれるはずだから、とにかく勉強をしようと思った。そう思って、苦笑した。自動車免許を取ってすぐ、ただ家から逃げたくて、なにも考えずに東京に出てきた。あれから三年も経っているのに、自分はやっぱりなにも考えていないな、と思ったのだ。

「本当に会社に入りたかったら、とっくに勉強してるはずだもんな……」

両親や兄から死にたくなるほど繰り返し言われたが、本当に自分はしょうがない奴なんだと思った。

「……そういえば、今っていつなのかな……」

ふとそう思った。あの大怪我が完治するくらいだから、暴行されてから数ヵ月は経っているだろう。ということは、数ヵ月も店を無断で休んだことになる。響は苦笑した。花森に仕事を続けたいという前に、それに気づけばよかった。あれほど響に執着していた桑島だから、突然姿を消した響に激怒しただろうが、何ヵ月も経っていることだし、諦めてくれただろうと思う。もう考えても意味のないことだ。

「…身の回りのものだけでも、取ってこようかな……」

財布も携帯電話も、財布に入っていた免許証も暴力グループに取られてしまったが、健康保険証や銀行の通帳は取り戻したい。アパートももう他人が住んでいると思うから、処分されてしまっているかもしれないが、それならそれで再発行の手続きもしなければならない。

「…なにか服を貸してもらって……、それより風呂かな……」

自分と花森の体液でドロドロになっている体を見て眉を寄せた。風呂はないかと部屋の中を見回して、変わった部屋だな、と思った。桟《ますめ》を紅色に塗られた縦型の窓や、黒字に金糸で唐花紋を織りだした布製の壁紙。高い天井は升目に区切ってあって、それぞれに花の画が精密に描かれていた。

「……すごい……」

感心しながら下り立った床も寄せ木細工だ。洋風ではないが和風でもない。あえて言うなら中華風だろうか。やはり花森は中国とか、そっちの出身なのだろうかと思った。

見回したところ、部屋には出入口とおぼしき扉しかなかった。むやみに広い部屋だが、風呂はついていないようだ。響は掛け布を肩からかぶって体を覆うと、裸足《はだし》でぺたぺたと扉へ向かった。大きな扉もまた朱塗《しゅぬ》りで中華風に思えたが、ドアノブはついているので、こういうインテリアが趣味なのだろうと考えた。ノブを回すとカチャリと音がして、響はそれにビクッとしながらドアを開けた。そろりと部屋を出たとたんだ。

「……っ⁉︎」

危うく悲鳴をあげるところだった。部屋の向こうがまた部屋だったことも驚いたが、それよりもなによりも、ドアの真ん前に等身大の男の人形が、こちらを向いて立っていたからだ。シャンパンゴールドのロングジャケットにスラックス、しかもたっぷりとフリルのついたブラウスを着ている。栗色《くりいろ》の髪に、美しい顔。男フランス人形、という言葉がポンと響の頭に浮かんだ。

「び、びっくりした……、マ、マネキンか……」

ほ、と息をついたところで、そのマネキンが口を利いたのだ。

「どちらへ?」

「ひあぁっ」

今度こそ悲鳴をあげた。掛け布をかき抱いたまま硬直してしまった響に、男フランス人形はくすくすとそれは愛らしく笑った。

「驚かせてすみません。ハルトと言います。あなたの世話をするように主人から言われています」

「ひ、ひ、人…!?」

「なにに見えます?」

「い、いえ、いえっ、すみ、すみませんっ、あんまり、綺麗だったから…っ」

「どうもありがとう」

こうして喋って、ほほえんでいるというのに、ハルトは人形じみている。それくらい綺麗な男なのだ。ハルトはさらに人形のように小首を傾げて言った。

「ご用はなんですか」

「あ、あの…、お、お風呂、入りたくて……」

「ではこちらへ」

ハルトはにっこりと笑って、響を風呂場に案内してくれた。いわゆる二の間を通り抜け、廊下に出る。響はそうっとあたりを見回しながら、廊下はふつうの洋風なんだな、と思った。

ふつうの漆喰《しっくい》塗りの白い壁に、ふつうの木枠の四角い窓。床は板張りで、ハルトが靴を履いたまま歩いていることから、そういう洋風、というか、日本風ではない生活習慣なんだと理解した。蒲鉾《かまぼこ》型の天井から下がっているレトロな照明器具を見て、響はふと、小学生の頃に遠足で行った美術館を思いだした。響の数歩先を歩くハルトが、半身をひねって、すみません、と謝った。

「あの部屋は休憩室で、お客様を泊める部屋ではないので、バスルームがついていなくて」

「はあ、いえ……」

「この屋敷には女性はいませんから、どうぞ気にしないでください」

「え……、あ、ああ、はい…っ」

全裸に掛け布をまとっている響を気遣ってくれたのだろう。花森を主人と呼ぶくらいだから、服装が奇妙でも、ハルトはお手伝いさんなのだろうと思った。

客用の休憩室があるほどの家ということから考えれば当然かもしれないが、案内された風呂は、屋内プールかと思うほど広かった。細かなモザイクですみれ色の唐草模様を描きだした壁や天井、床は青灰色の石英岩が貼られている。そして泳げるほど巨大な円形の浴槽。いったいどこでどうやって体を洗えばいいのかとうろたえていると、ハルトがクスと笑って教えてくれた。

「この屋敷では風呂で体を洗う習慣がないものですから。シャンプーや石けんは、あちらの籠《かご》に用意しておきました。あいにくシャワーもないものですから、洗ったら湯槽に入って流してしまうか……」

「えっ⁉」

「おいやなら、手桶で湯槽の湯を汲《く》んで使ってください。手桶もあちらに用意しましたから」

「あ、はい、はいっ」

もちろん手桶を使います、と響は思った。泡だらけの体で湯槽に入るなど、日本人として非常な抵抗がある。なぜかその場から立ち去らないハルトに、監視でもされている気分で風呂を使った。のんびりゆったりとは程遠い入浴を終えて、脱衣室へ出る。壁の一面が鏡になっているから、当然全身が映る。スタイルをチェックするにはいいだろうが、響には恥ずかしいばかりだ。バスタオルを広げたハルトが体を拭おうとしてくるので、響は仰天してさえぎった。

「いいです、いいですっ、自分でできますっ」

「あなたの世話をするようにと主人から……」

「自分でできることは、自分でします……っ」

ハルトの手からタオルを奪って、鏡の前で小さくなって体を拭った。ふと鏡を見た響は、鎖骨と鎖骨の間に、蝶の形にキスマークがついているのを見て、顔を赤くした。

（さっき、花森さんに、強く吸われた時のだ……）

位置もそうだが、アゲハ蝶のような形がひどく淫靡《いんび》に思えて、響はいっそう顔を赤くした。

「こちらの衣装をどうぞ」

「あ……、はい……」

ハルトが傍らの小テーブルを示した。その上に載っていた衣服を見て、本気で？　と響は固まった。なにしろ光沢のある玉虫色の地に、花や鳥が華麗に刺繍《ししゅう》してあるのだ。こんな柄の服など見たことがないし、あったとしても女性用だろうと思う。困惑して、あの、とハルトに視線を向けたが、ハルトはにっこりとほほえんで言うのだ。

「主人があなたのために用意した衣装です。どうぞ」

「あ、はぁ……。あの、下着は……」

「主人が用意していないのであれば、必要ありません」

「……はぁ……」

にべもなく言われて、言い返す気概のない響は、とまどいつつ派手な衣装を手に取った。玉虫色だが無地のズボンは、どこかの応援団のように筒幅の広いゆったりしたものだ。刺繍の派手な上着は、袖がゆったりしていることと脇のスリットを除けば、これもやはり応援団の長ランのようだと思った。知識のない響はそう思ったが、正確に言うなら旗袍《チーパオ》の変形だ。着靴は黒のビロード地にビーズをたくさん縫い止めた、スリッポンのような形をしている。

替えた自分をちらりと鏡で見た響は、イメクラのコスプレみたい、と内心で引いた。ますます花森の異常を疑ってしまうが、ハルトは満足そうにほほえむのだ。

「あなたの黒い髪にも、色香があってエキゾチックな顔にも、とても似合っています。主人のセンスはさすがでしょう?」

「は、はぁ……。あの、ふつうの服は、その、シャツとジーンズみたいな……」

「それが主人の選んだ衣装です」

「あ、はい……」

主人が選んだ衣装の一点張りで、取りつく島もない。お手伝いさんだし仕方ないかと思った響は、今はこれしか着るものがないのだし、着るものを貸してくれただけでもいいと自分を納得させた。

風呂場を出て、玄関を探して屋敷内をうろうろと歩いた。とにかく広い。都心の住宅状況から考えると響の実家も豪邸になるが、実家は襖《ふすま》を取り払ってしまえば一つの大広間になる、という典型的な農家の間取りだから、こんなふうにあちこちへ延々と廊下が続いていると、どちらに玄関があるのかという察しもつかなくて焦る。テレビで見た避暑地のホテルみたいだと思った。

窓から外を見ると、手をかけた庭園ではなく、雑木林といった趣の庭が見えて、響は嬉しくなってほほえんだ。子供の頃に遊ばせてもらった、近くの豪農の屋敷林を思いだす。東京に出るまで自然の豊かな環境にいたから、こうしたありのままに生えているような草木を見るとホッとする。今が何月なのかはっきりしないが、昼日中だということはわかった。

うろうろ歩いた末に、やっと玄関を発見した。広い式台に、通常は玄関の外に敷かれる泥落としのマットが敷かれている。御影石《みかげいし》貼りの三和土と、花唐草を浮き出したエッチングガラスがはめこまれているとはいえ格子の引き戸だけが和風だ。和洋折衷《せっちゅう》というか、居室のインテリアを考え合わせると、和洋中折衷の屋敷なのだと思った。

響は廊下から式台に下り、ずっとくっついて歩いているハルトに尋ねた。

「あの、ここ、どこですか？」

「どこ？　どこって、主人の屋敷ですけど……」

「あの、いえ、住所……、その、ここは都内なんですか……？」

「ああ。信書が届くのは麻布《あざぶ》となってます」

「ああ、はあ、麻布……」

ハルトの言い方はいちいちおかしい。ふつうに、ここは麻布ですと言えばいいのにと響は思ったが、しかしそう言われても、麻布というのがどのあたりなのかがわからない。

「あの……、麻布って、新宿から近いんですか？　その、歩いて行けますか……？」

「……どうして？」

「あ、保険証とか、取ってこようと思って……」

「いけません」

響が言ったとたん、ハルトは血相を変えて響の腕を摑んだ。

「屋敷から出てはいけません」

「いえ、あの、に、逃げるとかじゃなくて、いるものを取ってくるだけ、…」

「駄目！　主人からあなたを出さないように言われていますっ」

「あの、ちょっ…」

ギリ、と跡がついたんじゃないかと思うくらい強く腕を摑んでくる。顔は怒りで紅潮するでもなく、目だけが据わっていて、恐ろしく不気味だった。生理的にとしか言えないが、ゾッとした響が思わず腕を振り払うと、ハルトは今度はすがりついてきたのだ。

「屋敷から出しません、主人に叱られる」

「は、放して、…」

「部屋へ戻って。部屋へ戻ってください、外へ出てはいけません」

「放してくださいっ」

これほどまでに執拗に外へ出るなと言われて、本当に怖くなった。花森は自分を軟禁するつもりなのかという疑いが頭をよぎり、やっぱり花森はおかしい、異常だと確信した。逃げるつもりはなかったが、相手が常人でないとなれば話は別だ。響は力任せにハルトを突き飛ばした。

「放、せ……っ」

振りほどかれたハルトが壁にぶつかった。

「……っ」

ガシャ――。

その衝撃で、ありえない格好でハルトが三和土に崩れ落ちた。ありえない……、骨と筋肉のある人間なら、こうはならないという格好、まさに、操り人形の糸がすべて切れたように崩れ落ちたのだ。

「ヒ、ヒ……ッ‼」

あとずさり、引き戸にドンと背中をぶつけた響は、恐怖で見開いた目でそれを見つめた。小山のように重なり落ちている、一瞬前まではハルトだったもの。今はまばたきもしない、呼吸もしていない、本当にうち捨てられた人形になっているのだ。

「……」

体中の血が一気に引いた。全身から冷たい汗が噴きだした。人形、人形……、ハルトは、人形だ。

「…わ、わあぁ、わあぁーっ」

恐慌を来《きた》し、響は叫びをあげながら玄関を飛びだした。逃げろ、逃げろ、とにかく逃げろ……、それしか頭になかった。

「は、花森ってなんだっ、あの男、なんだ……っ、人形、人形なんて……っ」

やみくもに庭を走り、門を探しながら、恐怖で響は半分泣いていた。等身大の人形ならわかる。けれどそれが、まるで生きているように動き、響とまともな受け答えをしたなんて、ありえない。自分の頭がおかしくなったと考えるほうがまだましだ。

やっとのことで見つけた。切妻《きりづま》屋根を備えた立派な門だったが、なぜか閂《かんぬき》は外されていた。よかった、と心底から思って門扉に手をかけると、扉はなんとも軽く内へ向かって開いた。

「ああ、門……っ」

響は表に飛びだした。

門に面した道は車がすれ違えないだろうほどの幅しかない、さびれた道だった。向かいには白壁の塀がずっと続いている。塀の向こうは寺ではないかと響は思った。ただここから逃げたい一心で、人気もなく、車の一台も通らない道をひたすら走った。自分の左側には花森の屋敷の築地塀《ついじべい》がどこまでも続いていて、逃げられない気がして怖くて、目についた角を次々に曲がって走った。そのうちに現代建築が立ち並ぶふつうの住宅街に入った。それにつれて人も多く出歩いているようになった。走り続けて呼吸が苦しく、休みたい、と思った響は、人目を避けて、小路から小路へと曲がり、住人の気配のない廃アパートを見つけると、建物の裏手へと走って、窓とブロック塀の間の狭い場所に腰を下ろした。

はあはあと荒い呼吸をつきながら、助かったのだろうか、逃げられただろうかと不安に駆られる。瀕死の自分を拾ってくれた花森が口にしていた言葉を思いだした。

『人形になるというなら助けてやろう』

ギュッと目をつむり、自分で自分の体を抱きしめた。

「人形って……人形って、本当に、人間を……」

人形にするのだと悟った。どれほどありえない、信じられないと頭で思っても、現実にハルトを見てしまった。ハルトと会話をし、存外に強い力で腕を掴まれ、突き飛ばし……ハルトが生命のない人形に戻るところを見てしまったのだ。

「あいつ……、花森……、化物、だ……っ」

人形になるなら助けると花森は言った。そして自分は助けられた。あとは、約束どおり、花森の人形にされるのだ。あのハルトのように。

「いやだ、いやだ……っ」

暴力グループになぶり殺されるのはいやだが、花森に人形にされて、生きているのに死んでいる状態にされるのはもっといやだ。なんとか逃げ伸びなければと、回らない頭で考えた。

「どうやって東京、東京から離れれば……高速バス、でもお金、お金がいる……」

アパートに戻ってみようと思った。自分の荷物などとっくに処分されているとは思うが、大事なものならもしかして、残しておいてくれているかもしれない。そして桑島に、変質者に追われているのだと話してみて、遠くへ逃がしてもらえないか相談してみようと思った。

「新宿、新宿へ行かないと……」

ハルトはあの屋敷は麻布にあると言っていた。かなり走ってきたが、二キロも離れていないだろう。麻布とやらが東京のどのあたりなのかはわからないが、都心であるなら、同じ都心の新宿まで歩いていけないことはないと思った。

「大通りに出て、標識とか……交番があれば……」

やることを決めて立ち上がった時、目の前に一匹の蝶がいることに気づいた。見たことのない極彩色の蝶だ。ふわりと飛び去ることもせず、まるで響はここにいると誰かに報《しら》せる目印のように滞空しているのだ。

「蝶……」

呟いた響は、全身に冷水を浴びせられたようにゾッとした。思わず胸元に手をやった。鎖骨と鎖骨の間に蝶の形の鬱血痕《うつけつこん》がある。ほんの二時間前に花森につけられたキスマーク。

「……っ」

逃げろ、とわけもなく思った。とにかくここから逃げろ。

吐きそうなほどの恐怖に駆られながらアパートの裏から飛びだし、アパート前庭に出たところで、悲鳴もあげられないほどの恐怖で響は硬直した。花森が、いたのだ。花森は微苦笑をすると、ゆっくりと響に近づいてきながら言った。

「またおかしなところにいたものだ」

「……」

「蝶はわたしの僕《しもべ》だからね。響がどこにいようとも、居場所をわたしに教えてくれる」

微笑して、響の胸元を指差した。響はめまいを覚えた。このキスマークはやはり、契約の印だったのだ。花森の人形になること。花森の言葉を借りれば、花森の僕を体に刻まれて、花森の所有物になったのだということ。もう逃げられないのだということ……。

ショックで目の前が暗くなり、脳貧血を起こして響はその場にうずくまった。そんな響を花森は軽く抱き上げ、アパート前に停めてあった車に運びこんだ。いつかのように響を人形のように膝に抱き、小さな溜め息をこぼして花森は言った。

「屋敷にいなさいと言っただろう。外へ出てはいけないと」

「……」

「わたしの言いつけを守らないなんて、悪い子だ。帰ったらお仕置きだね、響」

「……」

耳鳴りの向こうから聞こえる花森の言葉に、響は一筋、涙をこぼした。

「…許して……もう、許して、くださ……」

全身を美しい紅色に染めて、響はかすれた声で許しを乞《こ》うた。手首と腿を、花と蝶を織りだした綸子《りんず》の細帯でくくられている。腕を動かすことはできない。大きく足を広げられ、花森のあぐらに腰を乗せられて、後ろは花森の剛直に犯されている。ふ、と微笑《わら》った花森が小刻みに腰を使い、響の中の弱点ばかりを責めた。自由になる足先をピクンと跳ね上げて響はすすり泣いた。

「も、無理、です……許して……」

「気持ちいいくせに。中で何度いった？」

「あ、あ、あ……っ、やだ、いや…っ、もう……っ」

「うん？　それならこちらで、いかせてあげようか」

「あっ、ああっ、ヒィッ」

花森の美しい指がするりと響の前を撫で上げた。パンパンに張りつめたそこも、織りの美しい細紐《ほそひも》で根元をぎっちりと縛められ、さらには左右の玉も一つずつくくりだすように締められている。花森がこれをすべて解いてくれない限り、響に射精は許されない。花森の指先が、まるで粗相でもしているように、とろとろと透明な粘液を垂れ洩らす先端を、グリグリといじる。痛いと感じるほど敏感になっている部分をいじめられて、悲鳴をあげる響に、花森はふふふと笑って言った。

「ここから、出したいの」

「あひっ、ひぃーっ」

「この間は、もう出したくないと言って、泣いたくせに。響はわがままだね」

「やめっ、やっ、ああ、あぁっ」

花森が己れのもので響の内側から弱点を突き上げると、響の先端からまた、粘液があふれて、花森の指先を濡らした。花森は責めていた指を離し、にっこりと笑った。

「出す快楽が欲しいの？」

「ほし……欲しい、欲しい……っ」

「素直で可愛い響。おまえの望むものはなんでも与えよう」

響はほっとして涙を落とした。やっとこの苦しみから逃れられると思った。後ろを犯され続けることは、体が苦しいけれど我慢ができる。けれど射精できないことは、体ではなくて心や頭がおかしくなってしまいそうな苦しみがある。それこそ、いかせてくれるなら奴隷にでもなんでもなると誓うほどの苦しみだ。響は花森の指が、自分のそこを哀れにも卑猥に縛めている紐を解いてくれると期待していた。けれど花森は小さな注入器を手に取ったのだ。針を外した注射器に似ているが、筒全体に花柄が刻みこまれていて、こんな状況でなければ化粧道具の一つかと思ってしまうような美しい道具。

「そ、それ、なん、なんです、か……、ど、どうする……」

なにをされるのかわからないが、恐怖で体が強ばる。挿入されたままの花森をギュッと締めつけてしまうと、花森がなだめるような笑みを浮かべた。

「心配いらない。ヤマユリの蜜だ。どうも響はヤマユリの香りがするから……、気に入るといいが」

「なに、……やめて、やめてくださ…やめて、やめてぇ……っ」

ドロドロに濡れている響の先端を花森がクッと指でつまみ、パク、と開いた尿道口に、美しい注入器の先を差しこんだのだ。焼けるような痛みが走った。響が悲鳴をあげて仰け反ると、花森が薄く笑って注入器の押し棒をやんわりと押し下げた。注入器の蜜が響の尿道をまたたくまに埋めた。

「ヒィーッ、やだあぁぁっ」

「ほら響。これが欲しかったんだろう？」

「ああ、ああ…っ」

注入器を外した花森が、蜜でいっぱいの響のそこを、ギュウと握った。流しこまれた蜜が絞りだされる。

「ひ、ひぃ……」

「気持ちいい？」

「いや、いやぁ、出したいぃ……」

子供のように響は泣いた。蜜が尿道を流れ出る感覚が、射精欲を何倍にもかきたてて響を責める。花森は喉で笑った。

「今、出しただろう。足りない？　もう一度、出す？」

「いや……それ、いや……」

「それならなにが欲しい？　言ってごらん、響のお願いならなんでも聞くよ」

「ん、ん、いきた……、も、いきたい……」

「わかった。いかせてあげよう」

花森はひどく優しくほほえんで、それなのに注入器を手にするのだ。響は朦朧とした頭をゆるく振っていやだと泣いたが、花森は聞く耳を持たない。細く蜜を垂れ流す響自身へ、またしてもヤマユリの蜜を流し入れると、今度は華奢《きやしや》なプラグを差しこんで、蜜を塞《せ》き止めてしまった。

「ヒイィッ、いやっ、抜いて抜いてぇっ」

泣き叫んだ。下腹すべてが燃えるように熱い。根元を縛りつけられた自身は脈を打って痛み、射精のできない苦痛と、尿道を満たされた苦痛で、狂いそうだった。不自由な体でのたうつ響を、花森は笑みを浮かべて眺めながら、響の前を縛めている細紐をするりとほどいた。

「あっ、う、あああっ」

塞き止められていた血流が復活し、ズンという衝撃を感じた。出したい、いきたいという欲望が極限まで膨らむ。

「いきたい、いきたいぃっ、…お願、お願いです、い、いかせて、いかせてくださっ、お願い、いかせてぇ…っ」

「そんなに慌てない。とても気持ちよくいかせてあげるから」

ふふ、と笑った花森が、玉を拘束していた紐もはずす。たちまちキュウと上がっていく様を見て、クスクス、と笑った花森は、響の腰を掴んで、いまだに呑みこませている己のもので、じっくりと中を責めた。

「…ヒ、ヒィッ、やめて、やだぁっ、許して許してぇぇ……っ」

「もう少し……、響、溜めてから出してごらん。ほら」

「いやっ、いやっ、あ、あっ……、い……っ、い、いきたい、いかせてぇ…っ」

「いいとも。たくさん出しなさい。とろけた顔を見せてごらん」

「ひぁ…っ、ああ、あ…——ッ‼」

ふふふ、と笑った花森が、響の先端からプツンとプラグを抜いた。たちまちタラタラと蜜が漏れ出てくる。花森が響の腰を抱え直し、グッと響の中の弱点を押しこすったとたん、焦らしに焦らされていた響は、蜜とともに大量の白いものを放った。

「……ッ」

腹から胸、首までも白いものを飛ばし、響は声も出せないほどの激烈な快感に飲みこまれて、弓なりにした体を痙攣させた。花森が響のすべてを押し出すように腰を突き入れると、そのたびにドク、ドクン、と白いものがあふれ出る。花森にキュウと握られ、残らず絞りだされて、響は小さく体をふるわせて脱力した。ぼんやりと開けた目は、とろけきってほとん

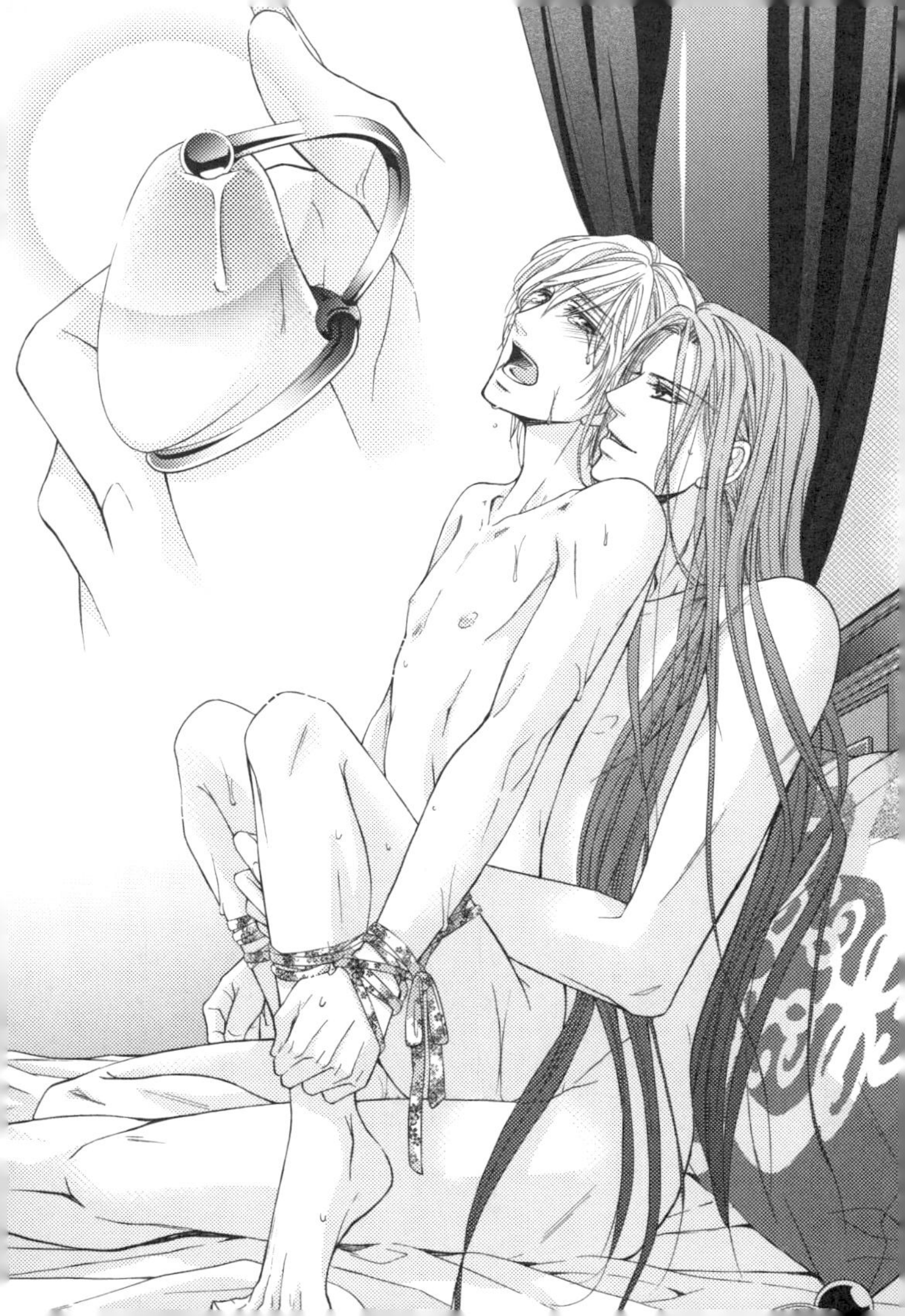

ど虚《うつ》ろだ。花森は目を細め、響の中から己れを抜きだした。響の手足をつないでいた拘束を解いてやり、心を飛ばしたまぐったりとしている響に、軽く口づけをした。

「可愛いね、本当に。苦痛も快楽もすべて受け入れて、わたしが見たいままに泣いて。さて、いつわたしの人形になるのかな」

そう遠くないだろうと花森はほくそ笑んだ。

責められてすぎて頭も心も真っ白になっていた響は、何度もやわらかく唇を吸われる感覚で自分を取り戻した。

「…、ん、う……」

ぼんやりとしていた目の焦点が合う。目前に花森の美貌を認めた響は、ヒ、と小さな悲鳴をあげると、体を縮こまらせて涙をあふれさせた。

「も、もう……、今日は、許して、ください……」

ふるえながら懇願した。これ以上抱かれたら、心のなにかが壊れてしまう気がした。おや、という表情で響を見た花森は、ふといたずらそうな笑みを浮かべると、言った。

「躾《しつけ》の途中だからね。響がわたしの言いつけをちゃんと守れる、いい子になったなら、もうしない」

「な、なんでも、聞きます、言うこと聞きます、だから……」

「本当かな？　それならわたしを誘う格好をしてごらん。わたしが欲しくてたまらないという格好」

「……」

響はうろたえた。いやらしいポーズを取れというならやるが、もしそれで花森がまたやる気になってしまったらと思うと、怖くて体が動かない。うん？　と花森が首を傾《かし》げるので、響はふるえる声で尋ねた。

「も、もう……、今日は、だ、抱かない、ですよね……？」

「わたしに質問？　なんでもわたしの言うことを聞くというのは嘘？　響はやはり、いけない子だね」

「ご、ごめんなさい、余計なこと言って、ごめんなさい…、なんでも、やります……」

だから今日はもう抱かないで……。そう願いながら重たい体をなんとか起こし、花森に正面を向けて右足を抱えた。左手で、つい先ほどまで花森をくわえこんでゆるんでいる穴を、拡げてみせる。犯され尽くし、理性の麻痺《まひ》している響に、羞恥心はなかった。卑猥なポーズを取りながらも怯《おび》えた表情を見せる響に、花森は満足そうにほほえんでうなずいた。

「いい子だ。これからもそうして、いい子にしていなさい」

「……はい……」

響は従順にうなずく。花森がもう一度にっこりとほほえんだので、許してもらえたと思い、ホッとして楽な姿勢を取る。自分を守るように体を丸めて横たわった響は、花森が床から取り上げたものを見て、ビクッとした。赤地に花鳥の柄が描かれている七宝焼《しっぽうやき》のそれは、バングルのように見える。けれど長い鎖もついている、間違いのない足枷《あしかせ》だ。響はますます体を丸めて訴えた。

「お、俺、もう、に、逃げません、本当に逃げませ……、だから、それ、いや……、お願いです、つながないで……」

「そう言って、この間部屋から出たくせに」

「違います、水、水が、飲みたくて…っ、ほ、本当に、水が……っ」

「泣いても駄目。用があるならハルトを呼びなさいと言ってあるのに。躾が終わるまで、放し飼いにはできないよ」

「ああ、いや……」

乱暴に右足を摑まれ、カチリ、と枷をはめられてしまった。響は声を殺して泣いた。この部屋に閉じこめられることがいやなのではなく、動物のように鎖でつながれることがいやだった。現実に鎖の重みや、寝返りを打った時の違和感でよく眠れないことで、疲労するのもいやだった。けれど花森は体をふるわせて泣く響の髪にキスをすると、部屋を出ていってしまった。

しばらく泣いていた響は、泣き疲れてようやく涙を止めた。このまま眠ってしまおうと思ったが、自分の体からふわりと甘い香りが漂ったことに気づいて、なんだろう、と思った。

が、すぐに力なく笑った。

「…あそこに、蜜……流しこまれたんだった……」

羞恥も屈辱も感じない。ただ、苦しい、としか思わなかった。それどころか、あれですんでよかったとすら思った。この屋敷から逃げだし、連れ戻されてからすぐに、貞操帯をつけられた。つけられてたった十日で、響は花森に逆らう、花森から逃げるという気持ちを失った。射精どころか勃起もできない。それがあれほどつらいとは、思いもしなかった。貞操帯を外してもらい、射精を許してもらうために、花森に言われるまま花森のものをしゃぶり、出されたものを飲みこみ、舐めて綺麗にすることを躾けられた。上手になったと誉《ほ》められた日に、自分で後ろを拡げてごらん、と命じられて従い、そうしてやっと、器具を外してもらった。花森に後ろを犯されたまま自分をこすりたて、あっという間に射精をした。もうその時点で、響には自尊心などかけらも残っていなかった。

それからは昼も夜も関係なく、躾だと言われて抱き尽くされている。拘束され、泣き叫ぶまで快楽で責められて……羞恥心を削《そ》ぎ落とされ、もともと薄かった気概はとっくに失った。今はただ、花森が怖い――その気持ちしかない。その代わり、怒らせなければ、響がちゃんと花森の言いつけを守れれば、優しいのだ。響が自分を守るためには、ひたすら従順であるしかなかった。

「……」

響はゆっくりと体を起こした。長時間拘束されていから、あちこちの関節が痛む。そっと腰を撫でながら室内を見回して、溜め息をこぼした。窓もない、箱の中にいるような部屋だ。響には中華風としか表現のできない、蘇芳色《すおういろ》の地に菊と鳥を織りだした壁布。美しい寄木の床、高い天井は、緑色の石で幾何学模様を描きだした中に、さまざまな花を彫刻した木製の装飾具がはめこまれている。巨大なベッドには天蓋《てんがい》が立てられて、透き通るほどの薄絹が幾重にも垂らされている。天蓋の柱が朱色で、これも中華っぽい。

「……不思議な、怖い、屋敷……」

外見は完全な和風建築なのに、中に入ると、廊下といった共用部分は洋風で、居室は中華風。花森が何者なのかはわからないが、確実に人間ではない。居室の趣味から考えて、大陸方面の妖怪とか、化け物とか、そういう存在なのだろうかと思って身をふるわせた。

とともかく、体を清めたいと思い、小さな声でハルトを呼んだ。間近にいなければ聞こえないほどの声だというのに、広い部屋の扉の向こうから、ハルトはきちんとやってくるのだ。

「ご用はなんですか」

ハルトは相変わらず装飾過多な衣服を身につけている。響に壁に叩きつけられ、ガシャリと崩れたことが嘘のように、人間然として響の前に立ったのだ。花森が「直した」のだろう。響を人形にするという花森の言葉から考えて、ハルトも以前は人間だったに違いない。それが今は、あんな、人形に……。

響はなんとなくハルトを見ていられなくて、視線を落としてお願いした。

「体を……、綺麗に、したいんですけど……」

「はい、お待ちください」

ハルトはにっこりと笑い、すぐに清拭《せいしき》の用意を整えた。熱い湯がたっぷりと張られた重たい湯桶を運んできたのは、たすき掛けをし、書生服を着た青年だ。凛々《りり》しいといった風貌で、時代がかった衣装が似合っている。下働きといったら悪いが、家の雑用をする係の制服のようなものなのだろうと思った。ハルトの衣装もそうだが、花森は衣服に奇妙なこだわりがあるように思えた。

きつく絞った熱いタオルで、汗と体液と蜜でドロドロになった体を拭いてもらう。最初の頃は自分でやりますと言っていた響だが、響の世話をするのは自分の仕事と言ってハルトは譲らないし、花森もまた、ハルトに世話をしてもらうことに馴れろと命じるので、いろいろとしてもらうことにももう馴れた。

「背中を拭きます。後ろを向いてもらえますか」

「あ、はい……」

素直に後ろを向くと、目に入るのは特異な家具だ。ベッドの背後の壁一面に、まるで千両箱を積み上げたような、巨大な舟箪笥《ふなだんす》のような家具が置いてある。いったいなにが入っているんだろうと、いつも響は不思議に思う。花森がここから中身を取りだすところを見たことがない。

　全身くまなく、花森にさんざんいじめられた恥ずかしいところまで綺麗に拭き清められたところで、花森がやってきた。ギクリとした響がとっさに敷布で体を隠すと、ふふふと笑ってベッドに腰かけた花森が、手にしていた小さくて綺麗な柄の紙箱を差しだした。

「響。お望みのものだ」

「なん、ですか……」

「開けてごらん」

　言われて、恐る恐る箱の蓋を開けてみると、中に入っていたのはなんとも可愛らしい一口サイズのチョコレートだった。響が無意識に微笑を浮かべると、それを認めた花森も嬉しそうにほほえんだ。

「食べたいと言っていたから」

「ありがとう、ございます……」

「ほら、お食べ」

　チョコを指先でつまんだ花森が、響の口元に運ぶ。幼児のような扱いに困惑したが、断ればまた仕置きをされると思い、素直に口に入れてもらった。花森が満足そうにうなずいたので、判断は間違っていなかったと思って安堵する。口の中でゆっくりと溶けていくチョコレートの甘味を、幸せな気分で味わっていると、響の髪を愛《いと》しそうに撫でながら花森が言った。

「チョコレートのほかに欲しいものは？」

「あの、いえ……」

「若い男の子なのだし、車でも欲しいのではない？　どれでも欲しい車を買ってあげるけれど、外に出すのは躾が終わってからだよ」

「あ……」

響はますます体を小さくした。躾が終わってから……、終わったら、どうするつもりだ？　響はたちまちからからに渇いてしまった口で、怯えながら尋ねた。

「花森、さん……、俺、いつ、人形に、なるんです、か……」

「うん？　響がその気になった時だ」

「そう、ですか……」

なんとも曖昧な答えだ。花森がまたチョコを口に入れてくれる。響は素直にそれを食べながら、絶対に人形になりたいなんて思わない、と思った。

昼なのか夜なのか時間さえわからない部屋のベッドで、花森は姿に似合わない漫画雑誌を読んでいる。その腿の上に上体を倒されている響は、猫のように髪を撫でられながら、小さな溜め息をこぼした。

（……いつまでここで、飼われてるのかな……）

鎖でつながれ、衣服も与えられず、まさに動物の扱いだ。もしも花森の気に入るように響が躾けられなかったら、死ぬまでこうして飼われているのだろうかと思う。あるいは躾が仕上がった時、人形になれば、ハルトのように自由に出歩けるのだろうか。

(……いやだ。人形になるのはいやだ……)

花森は、響がその気になったら人形になる、と言っていた。それならずっと、いやだ、いやだと思っていれば人間でいられるのだろうか。そうしてどんどん歳を重ねて、可愛がりたいと思えないおじさんになったら、その時は人形にすることを諦めて、捨ててくれるだろうか。人形にされるにしろ、おじさんになってから捨てられるにしろ、自分には未来はないと思った。

(未来とか、べつに、やりたいこともないけど……)

好きなものを食べて、見たいテレビを見て、行きたいところへ行くことができる……、そういうささやかな幸せを、家を出ることでやっと手に入れたのに、また失ってしまった。

(こんなの、俺、なんのために、生きてんの……)

死にたいわけではない。ただ、生きる意味が見つからない。響はまた溜め息をこぼし、目を閉じた。

花森は響を撫でながら、漫画雑誌に通していた目を響に向けた。

（日に日に元気がなくなっていく……）

どうしたものだろうと思った。響はこれまで人形にしてきた、たくさんの男の子たちとはどうも違う。いくらでも贅沢をさせてやる、欲しいものはなんでも与えてやると言っているのに、これまでねだられたものといえばチョコレートだけだ。少しも花森に甘えない。媚《こ》びてこない。自分の欲を満たそうとしない。

（食事のあとや、おやつの時間を設けて甘いものを与えてやったら、チョコレートすらねだってこなくなったし）

物欲がないのなら快楽漬けにしてセックス中毒にして堕《お》としてやろうと思っているが、それすらも失敗している気がしている。花森が手間暇かけて体を開花させるまでもなく、響は可哀相なほど過敏な体をしていた。少しいじめただけでよがり泣く。存分に、時たま意識を手放すほどの快楽を与えているのに、響のほうからそれをねだってはこないのだ。

（……まるでわたしが……）

必要ない、と言外に言われている気がして不愉快だった。もちろん、いい子になったというより生気の抜けてきているような響も心配だ。花森は雑誌を閉じると、腿の上から響を抱き上げて、胸に抱いて尋ねた。

「響。チョコレートのほかに欲しいものはないの？　そうだねぇ、アイスクリームとか、生クリームのたくさん入ったパフェは？」

「あの……、デザートに、出してもらって、ますから……」

「ああ、そうだった、響が好きだからデザートを出すように言ったのだった。それなら食事は？　いつも残さず綺麗に食べると料理人が言っていたけれど、無理して食べていない？　食べたいものがあるなら言いなさい」

「いえ、いえ……、ごはん、本当に、おいしいです、いつも食べたことがないくらい、おいしいごはんを出してもらっています」

「食べ物は満足をしているのか。……それならなにが欲しい？　ハルトなどはよくスーツをねだってくる、あの子は着道楽だから。響は？　時計や靴でもいい。着飾るのは好きじゃない？」

「いえ、あの……、特に……」

「それならやはり車かな？　どんな車が好き？」

「あの……、軽トラ、運転するのに必要だったから、免許取ったので……、車とか、よくわかりません……」

「なんだろうね、困ったねぇ……」

花森は溜め息をついた。なにを与えると言っても、いらないと響は言うのだ。いっそのこと、月が欲しいと言ってくれたほうがまだましだと思う。花森は響をキュウと抱きしめて言った。

「だったら、遊園地に行きたいとか？」

「…遊園地……？」

響は興味をそそられた。遊園地、というよりも行楽地に行ったことがない。遊びたいというわけではなく、どんなところなのか見てみたいという気持ちがある。そんな響のかすかな反応を見逃さず、花森は口説《くど》いた。

「遊園地、好き？」

「いえ、あの、行ったことない、から……」

「それなら行ってみる？　どこの遊園地がいいだろう、雑誌でも買ってきて二人で選ぼうか。うん？」

「あの、外……、連れていって、くれるんですか……？」

「もちろん、遊園地には連れていくよ。どんどん響が萎《しお》れていって、心配なんだよ。元気になってほしい。そうだ、今から近場の遊園地に行こうか」

「いえ、あの、外に……、外に出ていいなら、あの……庭、庭に出たいです……」

勇気を振りしぼって希望を伝えてみた。花森は、おや、という表情をした。

「庭？　屋敷の庭？」

「はい、あの、前に廊下の窓から見て、雑木林みたいでいいなって思って……、外に、庭に、出たいです。太陽に、あの、日にあたりたい、です……」

「花のようなことを言うね」

花森は目を細め、響の髪に口づけた。

「では庭へ出ようか。衣装を用意させるから、少し待っておいで」

用意された衣装は、やっぱりの中国風……正確には唐装だ。黒字に金糸で花葉模様を織りだして華やかだが、以前着せられた衣装と違って、今日は上着の裾丈もふつうだし、ズボンは黒無地でストレートジーンズのような形だし、響には着やすい。花森も外出時は長い髪を今風に短く変化《へんげ》させるし、ロングジャケットとはいえスーツを着て、ふつうの人間の振りをする。けれど屋敷内ではすっぴんというか髪は長いし、旗袍の上に丈の長い上着を羽織っているので、響は乏しい知識ながら、中国のほうの妖怪なんだろうと思っている。

久しぶりに服を身につけさせてもらい、足枷も外してもらった響は、花森に肩を抱かれて息苦しい部屋を出た。それだけで響は心が弾む。部屋を出たところが、床も壁も天井も真っ赤で、薄絹でいつくもトンネルをこしらえたような異様極まりない廊下でも、あの部屋以外のものを目にできて嬉しい。まさに奥の院に続く廊下といった具合の、妖《あや》しい廊下のつきあたりのドアを抜けると、そこからは以前見た、ふつうに洋風の廊下が続いていた。

廊下の途中に庭に出られるフランス窓があった。そこから庭へと出て、響は思わず、ああ、と小さな歓声をあげた。

「気持ちいい……」

外の新鮮な空気、日差し、風。どれもが本当に心地いい。木々はたっぷりと葉をしげらせ、草花も旺盛に繁茂している。熱い風、木漏れ日も熱い。夏なんだ、と響は思った。

「あ、タンポポ。この茎、水車になるんですよ、小さい頃、よくやりました。ああ、めずらしい、ニホンタンポポですね」

控えめに興奮しながら響は言った。

「あ、オオバコ。これでひっぱり相撲ができるんです、やったことありますか？」

「いや、ないな」

「力加減が難しいんです、教えてあげたいけど、草をつむのも可哀相だし……。ネコジャラシもありますね、これでレースができるんですよ」

「レース？　レース編みのレース？」

「あ、カーレースのレースです。あの、このモジャモジャのところを地面に置いて、指で押すと進むんです。先にゴールした人が勝ち。あ、クワの実。食べたことありますか？」

「ない」

「すごくおいしいんですよ、甘くて……、あ、あの、すみません……」

響がハッとして謝ると、花森が首を傾げた。

「どうして謝るの」

「あの、花森さん、お金持ちだから、こういう……野山のものは、食べないと思って……」

「ああ。お金は持っているけれど、それとは関係なく、味は知っているから食べるまでもない。甘酸っぱい。だろう？」

「はい、そうです、すごくおいしい……」

それは加工されたものを食べたことがあるという意味だろうと思い、響は小さくほほえんだ。なんだかようやく話がつうじた気がしたのだ。

花森を後ろに連れて、響は浮き浮きと庭を散策した。イボタノキやハイマツといった山に生える木や、オモダカやバイケイソウといった沼地や湿地に生える草花もある。植生をまるで無視した草木がのびのびと生育している様子に、響はただただ感心した。

「すごいですね、すごいですね……、ミカンとか、リンゴとかも生えてるんですか？」

「生えているけれど、場所は料理人に聞いたほうがいい。わたしはどこになにが生えているかまで覚えていないから」

「ひ、広いお庭ですもんね……。あの、イチゴも、生えてますか……？」

「好きなの？　それも料理人に聞きなさい」

「あ、あるんですね、すごいなぁ」

ほう、と幸せそうに吐息をこぼした。ハウス栽培ではない、露地もののイチゴは、さすがの響も食べたことがない。季節になったらつみたいなと思った。花森はそんな様子の響を見て、困ったような微苦笑を浮かべた。

「若い男の子が、こんな庭がそんなに楽しいの？　どうしてほかの男の子たちのように、車や時計に興味がないんだろうね。本当に欲しくはないの？」

「あの……、はい、すみません……」

「謝ることはない。それなら響の欲はなに？　欲しいものがないとは言っても、夢くらいあるだろう？　言ってごらん、響の夢はなに？　叶えてあげるから」

「あの、夢、ですか……」

　他人から正面切って問われて、響は当惑した。夢がないことを響自身が悩んでいるのだ。どう言えば伝わるだろうかと考え考え、響は慎重に答えた。

「あの、俺は、欲しいものとか、叶えたい夢とか、ないんです、その、なんていうか、東京に出てきてから、自分でお金を稼いで、そのお金で好きな食べ物も、新品の服も買えるようになって、それで満足なんです……」

「好きな食べ物や新しい服……？　それまで、好きなものも食べられなかったし、服も中古の服しか着たことがなかったの？」

「はい、あの、俺の実家は代々農家で、その、長男が大事なんです、跡取りだから、だから俺みたいな三男はどうでもいいんです」

「どうでもいいってねぇ……」

「あの、そうなんです、都会の人はわからないと思うけど、先祖代々の田圃と仏壇、お墓を守らなくちゃならないから、家を継ぐのは本当に大変なんです、だから長男は大事にされるし、大事にしないとならないんです」

「……それで？」

「あ、それで、俺は三男だから、二番目の兄みたいに、長男がいなくなった時の保険ていう役目もないし、家の手伝いをするだけの、いてもいなくてもいい人間だったので、服とか学校の教材とか、全部長男のお下がりだったし、ごはんも長男の好物が出るんです」

「チョコレートも？」

呆れた花森が微苦笑をして尋ねると、響は当たり前のようにうなずいた。

「チョコっていうか、ケーキとかお菓子は貰えないので、自分で買ってくるんですけど、兄に見つかると食べられてしまって……、その、自分で買ったものだから、兄に怒るんですけど、そうすると殴られて、両親も、俺には贅沢だから兄にあげなさいって言うので……」

「なんとまぁ……」

「あの、だから、なんでも自分の好きなものを買えて、それ、自分のものにできる今が、一番幸せなんです……。それに、車とか、高級腕時計とか、そういうのはお金持ちが持つものだから、俺が持っててもしょうがないっていうか、意味がないっていうか、その、だから、欲しいとは思えないんです……」

「そう。……なるほど、響の欲しいものがわかった」

「……え？　あの、欲しいものはないんですけど……」

響は困惑して花森を見たが、花森は深くほほえんでうなずくばかりだった。

◆3

庭はむせるような緑の香りでいっぱいだ。呆れるほど広い庭を散策して、こんもり茂った茨《いばら》の向こうに見つけた小さな泉は、響のお気に入りの場所だ。

「この水、飲めるって、賄いの人が言ってたよな。屋敷で使ってる水は、ほかの泉から汲んでるって……」

この都心のさらにど真ん中で、飲めるほど綺麗な水が何箇所も湧いていることが驚異だ。知っている限りの果樹も発見したし、料理人にイチゴの生えている場所を教えてもらったら、すぐ近くにスイカがごろごろ転がっていて驚いたこともある。日本で生育する植物はすべて揃《そろ》っているのではないかと思うほど、この庭は驚きに満ちていた。

泉のそばに寝転んで、ふう、と響は気持ちのいい吐息をこぼした。初めて庭に出してもらってから、花森は響を鎖でつなぐことをやめてくれた。衣服も……やっぱりの中華風衣装だが……与えてくれ、部屋を出ることも、こうして庭を散策することも、すべて許してくれた。

「敷地から出たらいけないと言われてるけど……」

カラオケにもゲームセンターにも、ショッピングにもお洒落《しゃれ》なお店での食事にも興味のない響は、田舎にいる時のように緑に囲まれているほうが楽しいので、外へ出たいという気持ちも特にない。庭への散策を許された日から、当然響は、昼間は庭へ、夜になったら部屋へ戻る、という生活に変わったので、花森のベッドの相手を務めるのも夜間だけになって、それも嬉しかった。

「もう、縛ったりしなくなったし……」

変態プレイに属するようなことはされなくなった。ただし、花森は絶倫なので、回数の多さと時間の長さは変わらない。それでも体はずいぶんと楽になったし、日光にあたって、歩いて、食事もおいしくとれるようになって、響の体調は格段によくなった。

その日も外遊びを十分に楽しんで屋敷に戻り、風呂にも入って部屋に引き取った。寝間着は浴衣《ゆかた》に似ているが、袖口は非常にゆったりしているし、裾も広がっているので、やはりこれも唐装風だ。前で結んだ帯も袖も裾も、あちこちをひらひらさせながら部屋に入った響は、今夜もベッドで漫画雑誌を読んでいる花森に言った。

「花森さん、お風呂、あの、ありがとうございます」

「うん？　こちらへおいで」

言われるまま、ベッドに上がって花森に身を寄せる。肩を抱かれ、キスをされ、それだけで体をうずかせた響は、頬を染めて花森に言った。

「あの、お風呂……、小さいお風呂、ありがとうございます」

「ああ。気に入った？」

「はい。嬉しかったです」

響ははにかみ笑いを浮かべてうなずいた。花森がわざわざ、「一般家庭の風呂場」を設けてくれたのだ。足を伸ばせる程度の湯槽と、同じくらいの広さの洗い場。シャワーもカランもついているし、シャンプーやボディソープも見馴れたポンプ式のものを用意してくれていた。この屋敷に来て初めて、ゆっくりと風呂につかり、体も洗えた気が響はしている。

花森は雑誌を閉じると、響の肩からするりと寝間着をすべり落として、言った。

「それならお礼をしてもらおうかな」

「あ……、はい、あの、どう、すれば……。あの、自分でするところとか、後ろ、ひ、拡げるところ、見ますか……?」

この頃の花森は、響に自慰をさせ、響自身に絶頂寸止めを繰り返させたり、響に後ろの穴を拡げさせてもだえる姿を楽しんだりする。綺麗なんだよ、と花森は言うが、単純に響に手間をかけるのが面倒になっているんだろうと響は思っている。

花森は魅力的な申し出に、うーん、と首を傾げてから答えた。

「いや、今夜は響にしゃぶってもらおうか」

「あ、はい」

響が素直に花森の足元に移動すると、いや、と花森はほほえんだ。

「響にもしてあげるから。こちらへお尻を向けて」

「え……、あの、はい……」

寝そべった花森の顔をまたいで、花森自身に顔を寄せた。いわゆる二つ巴《どもえ》だ。花森の口で愛撫を受けるのは初めてで、想像以上の快感に響はあえいだ。

「あ、あ……、出る、出る……」

「まだ駄目。お風呂のお礼をしてくれるんだろう？　ほら、ちゃんと舐めて。しゃぶりなさい」

「んっんっ……」

花森の大きなものを喉の奥までくわえこむ。花森のものは、マツのような爽《さわ》やかな香りと、シラカバの樹液のようなほのかな甘味がある。人間の雄の臭いとはまったく違う。おいしい、とさえ感じてしまう花森をしゃぶり、同時に自分のものも舐め回されると、恐ろしく興奮した。花森が響を舐めながら、すでに濡れている後ろの穴に指を忍びこませ、ほくそ笑みながら中の弱点をクリッと刺激する。そのとたん、響は腰をふるわせて顔を上げた。

「あ、いやっ、や、や…っ」

「なにがいやなの。気持ちいいんだろう？」

「んっ、ゆっ、指、いや…っ、こ、これ、欲しい…っ」

目の前の花森自身をギュウと握った。花森はふふふと笑うと、ようやく欲しがるようになった、と呟き、響の尻を軽く叩いた。

「もちろん、響の欲しいのはなんでも与えるよ。もう少し前に行ってごらん」

「あ……、あ…」

言われるまま、花森の前に四つんばいになる。花森は花の蜜を響の後ろにたっぷりと塗りたくり、じっくりと響の中に埋めていった。

「あ、あ、もっと…、動いて……、こすって、ほしい…っ」

「こうだね?」

「あ、い…っ、いいっ、気持ちい…っ」

どうしてほしい? と花森に問われるまま、響はいやらしいお願いを口走った。花森の体をいいように使っていきまくる。もうやめて、と言ったところから、今度は花森が響を使って楽しむ。悲鳴もあげられなくなった頃、ようやく花森が響の中に放つ。体の奥を濡らされると、射精をするよりも中でいくよりも、もっと強烈な快楽に呑みこまれて、失神寸前まで感情が昂ぶるのだった。

体を離した花森に抱き寄せられ、口づけで過呼吸を整えてもらう。チュ、と音を立てて唇を放した花森に、響はまだ働かない頭で尋ねた。

「どう、して……、中、出してもらう、と……気持ち、いいの……」

「うん? 気持ちいいの? 疲れが取れるのではなくて?」

「気持ち、いい……中に、出されると……、俺、いく……」

「……それはまた」

花森はわずかに目を見開き、それからククク ッと笑った。

「本当に可愛い。見かけは妖艶《ようえん》なランのようなのに、中身はまるでハクチョウバナのようだ。綺麗で、ふらふら風になびいて、居場所に自分を合わせる」

響の欲しいものは、衣服や車、時計といった、自分を飾りたてるものではなく、労《いた》わりや気遣いという、自分に寄せられる関心なのだと花森は気づいている。家族からも放置されてきた響には、どれほど欲しくても手に入れられないものだったのだろう。

「だから優しくしてあげるとも。代わりにわたしに、響の心をよこすといい」

「んん……、なん、ですか……？」

「いや」

花森は響の髪を優しく撫でながら言った。

「そういえば聞いていなかったが、響はなぜ東京に出てきたの。夢はないと言っていたけれど、それならなにをしに東京へ？」

「え……、あの、べつに……なにしに、とか、ないです……」

「なにもないのに、東京に出たの？」

「あの……、家…、実家から、逃げたかったので……。家族も俺を探してないみたいだし、俺も、帰る気はないので……」

「うん。それで?」

「えと、それで……、俺もう二十一なので、バイトで生活するのも、あと五、六年くらいかなと思って、それで勉強、あの、高認取ろうと思ってました……」

「高認……、たしか、高卒認定といったかな? でも、今さらどうして?」

クスクス、と花森は笑う。一生この屋敷から出られないのに、と思っているのだろうが、なんとなく努力したいという気持ちまで笑われた気がして、響はわずかに眉を寄せた。

「その、花森さんには、わからないと思いますけど、高卒じゃないと、会社に入れないんです。今さら高認取っても、なかなか仕事はないと思うけど、高認ないと、応募もできないんです」

「ああほら、そんなに怒らないで。馬鹿にしたわけじゃないよ」

「……」

「本当だ。なんであれ、学ぶということはいいことだ。自分が豊かになるからね」

「あ、はい……」

「でも、努力をして頑張って、それでそのへんの会社に入って、安月給で働くこともないと思うけど?」

「あの……、わかってます、この屋敷からは、出ないし……」

「そう。響が生活のことで悩むことはない。わたしがすべて響に与える。なぜだかわかる？」

「……あの……」

人形にするつもりだからだろう、と思ったが、それをはっきり口にするのは怖い。わからないふりをすると、花森は響の頬を指先でそっと撫でながら言った。

「響が大切だからだ。可愛くて、大事だからだよ」

「え……」

「ずっとずっと響のことは可愛がるよ。わたしはいつも、なにが欲しいか響に聞くだろう？あれは、響が大切だからだ。響を喜ばせたくて、響の喜ぶ顔が見たくて、贈り物をしたいと思っているからだ」

「あの……、そ、そうだった、ん……」

「お金もいらない、ブランド品も欲しくない、贅沢もしたくないなんて。響はつましくて、それをいやだとも思わない、心の綺麗な子。わたしの大事な、大切な、可愛い子だよ」

「……」

花森の言葉を聞いて、思いがけず嬉しい気持ちが湧き起こり、響は素直に頬を赤くした。誰かから大事だとか、大切だとか、言ってもらったことがない。自分など牛馬と同じ存在、労働力のために存在しているのだと思っていたから、こんなふうに……人間として評価され、大事だ大切だと言われて、とても嬉しかったのだ。

花森はたわいもない響に酷薄そうに目を細めると、よしよしと響の髪を撫で、存分に響を甘やかしながら言った。

「せっかく勉強をする気になったのだから、本当にするといい。知識はないよりもあったほうがいいからね」

「あ、はい」

「高認を目標にするのもいいかもしれないね。明日にでも、テキストを買いにいこうか。わからないところはわたしが教えてあげるから。うん？」

「目標……、は、はい…っ、ありがとう、ございますっ、俺、勉強、頑張ります……っ」

人生で初めて目標を見つけた。身内からやる気が湧き上がり、それが嬉しくて嬉しくて、響は自分から花森に抱きついた。


勉強は響の希望でサンルームで行うことになった。広い洋風の居間で、途中から壁といった仕切りもなく、そのままガラス張りの温室になっている造りだ。外は真夏の暑さだが、室内は快適な温度に保たれている。空調設備はないから、これも花森の妖しい力のおかげなのだろうと響は思っている。

大きな勉強机に、花森がつけてくれた教師と並んで座って勉強をする。当初は花森が教えてくれていたのだが、響が正解を出すたびにご褒美といって口づけてくるし、時にはそのまま破廉恥な行為になだれこんでしまうこともままあって、勉強が進まないと響がおどおどと苦情を申し立てたからだ。教師がついているとはいっても、花森も同席していて、少し離れた寝椅子にゆったりと腰掛けて、響を眺めたり、本や雑誌を読んでいたりする。

「……うん、満点」

サガミという名の教師が、英単語の小テストに花丸をつけて響に返した。嬉しくてほほえんだ響を眺めていた花森は、ふふ、と笑って言った。

「曜日と月はもう覚えたのだったね。今日はなにを覚えて満点を取ったの？」

「あの、二段落目の中の単語です、だからいろいろ……、農夫とか、カボチャとか、売るとか、買うとか……」

「ああ、動詞が入ってきたのか。順調だね」

花森ににっこりと笑みを見せられて、響も笑顔でうなずいた。中学も高校も行っていただけ、という有様だった響だから、すべての教科を中学一年からやり直している。特に英語は惨憺《さんたん》たるもので、曜日といえばサンデー、マンデーしか知らず、しかも書けなかったほどだ。けれど響は、繰り返し、コツコツと努力を続けることを苦に思わない性格だったし、記憶力が悪いわけではなく、むしろよかったので、着実に知識を身につけていき、花森を喜ばせた。

サガミが響にほほえんで言った。

「問題は英語くらいだよね。日本語で書いてあれば、記憶力がいいからなんでもすぐに覚えるし、漢字もかなり読み書きできるようになったしね」

「あの、檸檬《れもん》とか、路傍《ろぼう》とか、書けます」

「うん。辞書もたくさん引いているし、とてもいいよ」

「はい」

誉められて、またしても響は素直に顔を赤くしてほほえんだ。こんなふうに努力を認められることも、誉めてもらうことも初めてだ。時々、自分はこんなに誉めてもらえるような上等な人間ではないという不安が頭をもたげるが、そのたびに花森から、大事な子、大切な子、と言ってもらえて、響は少しずつ、底を突き抜けるほど低かった自己評価を上げてきている。

英語の勉強が一区切りついたところで、お茶にしようか、と花森が言って、休憩になった。チョイチョイと花森に呼ばれて、花森の隣に腰かける。花森が自らポットから紅茶を注いでくれた。

「響はミルクもレモンも入れない。砂糖だけ。はい」

「ありがとう、ございます」

きちんと響の好みも覚えていてくれる。そんな花森が嬉しくて、言葉だけではなく大切にされていると思えて、響はそっと花森に寄り添った。

(このままずっと、こういう暮らしをしていきたい……)

たとえ妖怪のたぐいだとしても、優しくて、自分を大事にしてくれる花森のそばで過ごしたい、と思う。ただし、人間としてだ。どれほど花森のそばにいたくとも、人形になるのだけはいやだった。

（……俺が、人形になりたいと、思わなければいいんだから……）

いつか花森が歳とった自分を捨てるまでは、こういう幸せな暮らしを送れるのではないか。

……そんな淡い期待が響の胸にはある。

そっと肩を抱き寄せられた響は、甘えるように花森の肩口に額をすりつけながら、そういえば花森は、本当はなんなのだろう、と考えた。綺麗な男の子ばかりを人形にする妖怪なんて、いるのだろうか、と。

「……」

怖さよりも興味が勝って花森を見つめると、花森が、なに、とほほえんでくれる。響は勇気を出して聞いてみた。

「花森さん、は、なんです、か？　その、人間じゃない、と思うので……」

「ああ。それはもちろん、人間ではないよ」

花森は明るく笑って、なんとも簡単に肯定した。

「わたしはただの人形好きな花神《かしん》だよ」

「カシン……？」

「花の神。花神だ」

「か…、神様、だったんですか……っ」

驚愕どころの騒ぎではない。田舎の田の神のことが頭に浮かんだ。年に一度しかご神体が拝めず、そのご神体も一抱えほどの石だ。家を飛びだすまで毎朝田の神に参拝をしていたが、ついぞ姿を見たことのない神様、その神様の仲間が目の前に、まるで人のようにいるのだ。畏《おそ》れ多くて思わず手を合わせてしまった響に、花森はクスクスと楽しそうに笑って響の合掌をほどいた。

「神様に手を合わせても意味はない。やめなさい」

「は、は、はい……」

「それに、神様といってもわたしは、花を咲かせたり枯らしたりするだけだよ。それも、気が向いた時だけにね。屋敷の庭を見ればわかるだろう？　みな、自力で生長し、花を咲かせ、実をつけ、そして枯れていく。わたしは特に手を出したりしていない」

「そ、そうなんですか……」

そこでやっと、この屋敷の庭が植物図鑑のようであることに納得した。草木の神様の屋敷だ、それはもう、日本にあるすべての植物が生えているのだろう。驚きすぎて幼児返りしてしまった響は、間抜けな質問を大真面目にした。

「か、枯れ木に花も、咲かせられるんです、か……？」

「もちろん、できるよ。逆に、花盛りのサクラを枯らしてしまうこともできる」

「か、神様、すごい……っ」

やめなさいと言われているのに、また響は花森に手を合わせ、懺悔《ざんげ》をする気持ちで打ち明けた。

「す、す、すみませんっ、俺、ずっと、花森さんのことっ、よ、妖怪とか、化け物だと、思ってました……っ」

響からすれば、妖怪も化け物も神様も、似たようなものだろう。人間ではないという点でね」

「そ、そ、そんな……っ、すみません、ごめんなさい……っ」

「ほら、響。わたしに手を合わせない」

花森が響の両手を取って合掌を解く。それでも響が恐縮して体を小さくしていると、花森にヒョイと抱き上げられ、膝のうえに横抱きにされた。花森がふふ、と笑う。

「可愛いね、響。花神だなんて言われて、素直に信じたの？」

「し、信じます、だって田舎では、今も田の神様や氏神様を祀《まつ》って大事にしてるんです、収穫祭や氏子《うじこ》祭りには、学校休んでもいいことになってるくらいなんですっ、粗末にすると罰があたるんですよっ、本当に、本当にっ」

「そうなの、それは怖いねぇ」

「そうです、畏れ多いんです、だから、花の神様がいてもおかしくないっていうか、いるんです、だってここに、いるじゃないですか……っ」

花森も、やりとりを見ていたサガミも、ニヤニヤと笑ってしまうくらい響は真剣に訴えた。この現代日本で、二十一にもなった男が、本気で神仏を信じているのだ。人間社会だったら距離を置かれてしまうたぐいの心の綺麗さを知って、面白い、と花森は思った。

「畏れ多いというけどねぇ、響。妖怪や化け物は、わたしのように人間を人形にして、玩具にして遊んだりはしないよ。化け物より神様のほうが質が悪い」

「あ……」

花森は意地の悪いような、試すような、意味深長な目で響を見つめる。玩具、という言葉にショックを受けた響は、視線を落として小声で言った。

「あの、はい……、俺も、玩具、なんですよね……」

花森のそばで、人間として幸せに暮らしたい、という思いなど、それこそ夢だったのだ。

花森はがっくりと肩を落とす響を見て、ふふ、と妖しく笑うと答えた。

「響は玩具ではないよ。人間でしょう。わたしは人間を玩具にしたりしない。わたしにとっての玩具は、人形だからね」

「人形……」

「そう。この子みたいなね」

そう言って、花森がサガミに目を向けた。そのとたん、今までまったく人間としてお茶を飲んでいたサガミが、ガシャッ、という音を立てて崩れたのだ。机の上から椅子の上、そして床へと崩れて落ちる。以前見たハルトのように、顔や手といったパーツは人間のまま、造りは人形として床に散らばった。

「ヒ、ヒ……っ」

見るのは二度目だからといって、馴れることのできない恐ろしさだ。響はとっさに花森にすがりついた。花森は、よしよしといった具合に響の腕を撫でながら言った。

「サガミも綺麗な男の子だろう？　いや、響よりも年上だから、綺麗な男、と言ったほうがいいのかな」

「……」

「この子はもともと教師だったんだよ。だからこの子に教えてもらうことを心配しなくてもいい」

「……サ、サガミ先生、が、人形って……、こ、この屋敷にいる人は、みんな、人形、なんですか……？　に、人間は、俺一人……？」

「そうだね」

「……」

ゾッとして、全身の産毛が逆立った。いつも食堂で給仕をしてくれる冗談好きな人も、イチゴの生えている場所を教えてくれて、練乳かけが好きだと言った響のために、わざわざ練乳を仕入れてくれた料理人も、グレーのチョッキに黒いスラックス、臙脂色《えんじいろ》のネクタイを締めて、いつも屋敷を掃除していた人たちも、全部、全部、人形だったのか――。

あまりに衝撃的な事実に、響は茫然としてしまった。いつか自分もああなるのか。見た目も動作も人間と変わりないのに、なにかがあればガシャッと崩れる人形にされるのか。

「いや、です……」

花森を怒らせるのではないかという恐怖も忘れて、響は口走った。

「いやです、俺、人形になりたくないっ、いやです、いやです……っ」

「だから、響がわたしの人形になりたいと思うまでは、しないから。人間のまま、こうしてここにいればいい」

「ほ、本当に？　本当ですか？　お、俺、絶対に、人形になりたくない……っ」

だから人形になりたいなんて思わない。心の中で響がそう叫ぶと、花森はいつもの美しくて柔らかな微笑を浮かべて、響にキスをした。

「心配しなくていい。響がいやだと思うなら、ずっと人間でいればいいんだよ。人間でも、響はわたしの大切な、可愛い子だ」

「本当、に……？」

「本当だ。響が頑張って勉強をする姿を見ることが楽しい。そうして二十一の男の子にふさわしい知識を貯《たくわ》えていくことが嬉しいよ。響はいらない子などではない。素直で可愛くて綺麗な、わたしの大事な子だ」
「あ……、はぁ……」
響は顔を真っ赤にした。響の心の一番弱いところにつけこんで、花森が甘言を弄《ろう》している
だけだというのに、いとも簡単に心を揺さぶられている。この世で響を大切に思い、一人の
人間として扱っているのは自分だけだと響に思いこませつつ、花森は、とどめだ、と思った。
心をすべてわたしに預けろ、わたしに溺れろとばかりに言った。
「前から考えているんだけどねぇ。大学に進んでみたらいい。行かせてあげるから」
「だ、大学……、お、俺が……?」
「どうしてそんなに驚くの。勉強が好きなら行くといい。友人もできるだろうし、なにより
世界が広がる。今の響には夢がないそうだけれど、大学に進んでたくさんの人と付き合い、
いろいろなことを学べば、新しい興味を持って、そこから夢が芽生えるかもしれない」
「あ……」
「どれをとっても響のためになると思うけれどねぇ。もちろん費用の心配はいらない、わた
しがすべて出すから」
「あ、はい、ありがとうございます……」
響は小さな声で言って、目を伏せた。てっきり響が大喜びするだろうと思っていた花森は、
おや、と内心で首を傾げた。響はどうも難しい顔をして考えこんでいるのだ。揺さぶる方向

を間違えたかな、と花森が眉を寄せた時、響が難しい表情のまま花森に尋ねた。

「大学を、出たら……、俺、花森さんの役に、立てますか……?」

「……え?」

花森にとって、恐ろしく予想外な響の言葉だった。あまりに予想外で、花森はうろたえて尋ねた。

「なぜ……、わたしの役に、立ちたいなどと……」

「それは……、あの、役に立たないより、役に立ったほうが、いいと思って……」

「役に立つって……」

「花森さんも、そのほうがいいんじゃないかって……、あの、ごめんなさい、か、神様の役に立ちたいなんてっ、え、偉ぶってましたよね……っ」

不遜《ふそん》という単語を知らない響がそう言って身を縮こまらせる。驚きすぎて言葉を失う花森に、響は言い訳がましく言った。

「あの、花森さんは、お金持ちみたいだから、か、会社とか、やってるのかと思って…っ、すみません、神様が仕事なんか、しませんよね……っ」

「……」

「ご、ごめんなさい……。大学、出たら、その、会社とか……花森さんの、役に立てるかなと、思って……本当にごめんなさい……」

「響……」

「や、やっぱり、俺みたいなのが勉強しても、なんの役にも、立たないです……」

へへへ、と泣き笑いのような顔で響は言った。花森は思いがけずキュンとした。まさにキュンだ。現世に花神として現われて以来、初めてのときめきだ。ただの人間、綺麗な外見と、虐げられてきたがゆえの従順さしか取り柄のない人間に、ときめくだなんて。

（今までの人形たちはみな、わたしから与えられるものを喜んでいた……、わたしになにかを与えたいと思うような子は、一人もいなかった……）

生まれて初めて、役に立ちたい、という気持ちを与えられた。響に与えられた。花森は胸のあたりをほのかに温かくした。なんともいえないいい気分だった。

響は花森の腕の中で、うつむいて落ちこんでいる。花森はにっこりとほほえみ、響を胸に抱きしめた。

「そうだね。会社、とは違うけれど、まあ、仕事はしているよ。花神としての仕事をね」

「え……、ああ、そうですよね、草木を守るお仕事ですよね」

「まあ、守ったり守らなかったりね」

クスクス、と笑い、花森は続けた。

「それでも、事務のような仕事はある。手伝ってみる？」

「え……」

「神様のお仕事だからね。高層ビルのオフィスでスーツを着て格好よく、とはいかないよ。それでもいいなら」

「は、はい……っ、やります、やらせてくださいっ、あの、社務所の仕事みたいなのですよねっ、ぼ、簿記の資格、取りますっ、それからパソコンも覚えるし、あの、習字もやったほうがいいですかっ？　それからお社《やしろ》の歴史も勉強しますっ、あの、もちろん学校の勉強もちゃんとやりますっ」

たちまち元気になって響は言った。花森はめずらしく声を立てて笑うと、響の髪にキスをして言った。

「そういう話は、響がちゃんと大学を卒業してからだ」

「は、はいっ。ありがとう、ございます。ちゃんとした目標ができて、すごく嬉しいです」

「うん？　高認取るという目標があったのではない？」

「あの、そうですけど、それはどこかの会社に入りたいっていう、お金を稼ぐために必要だからっていう……。だから本当に、花森さんの仕事を手伝いたいっていう、ちゃんとした目標ができて嬉しいんです。頑張れば、ゆ、夢が叶うんだなって……」

「夢……」

「お仕事、手伝えるように、頑張りますからっ。本当に嬉しいです。ありがとう、ございます……」

響は頬を染めて、本当に嬉しそうに、照れくさそうに笑うのだ。花森を手伝えることが夢で、それが叶うかもしれないと思うと嬉しいと言うのだ。花森はまた胸がキュンとした。可愛い、という言葉では足りないくらいに響が可愛いと思った。

「それではサガミに、きちんと教えるように言おう」

花森は響を椅子に移すと立ち上がり、崩れているサガミの頭部を掴んで持ち上げた。カラカラカラ、という音を立てて、サガミがブランと吊《つ》りさげられる。本当に操り人形そのものだ。響が口に手をあてて悲鳴をこらえていると、花森が優しく、サガミ、と声をかけた。そのとたん、なにごともなかったようにサガミは肉体を取り戻し、花森ににっこりと笑みを見せたのだ。花森はサガミの衣服を整えてやりながら言った。

「響にね。しっかりと勉強を教えてあげて」

はい、とうなずいたサガミが響にも微笑を向ける。まるで悪い夢でも見ていた気分になって、響は茫然としたままサガミを見つめた。

向き合って抱っこする格好で、花森は自分のものを、深く響の穴に呑みこませていた。そのまま突き上げるでもなく、響の可愛らしい小さな乳首に舌を這わせている。カリ、と甘く噛むと、響が綺麗な体をくねらせた。

「ん、ん……、乳首、いや……」

「どうして。わたしをいやらしく締めつけたのに。気持ちがいいんでしょう?」

「いや……、後ろ、こすって、欲し……」

「響の望むものはなんでも与える」

花森は目を細め、響の腰を摑むと軽々と上下させた。グチュグチュと音を立てて後ろの穴を摩擦される快楽で、響はたおやかに背を仰け反らせて嬌声をこぼした。

「ああ、いい、いい……、気持ちい……っ」

「もっとどうしてほしい?」

「んんんっ……あ、浅い、とこっ…な、中の、気持ち、とこ、突いて…っ」

「響の一番好きなところだね。いいとも」

響を貫いたままベッドに押し倒し、両膝裏を摑んで膝で立つと、花森は猫でも可愛がっているような表情で響のいいところを突いた。半ば逆さにされている体勢だというのに、響は思う存分快楽をむさぼった。

「いい、いい…っ、出ちゃ、うっ、いっても、い…!?」

「うん? 奥は? 奥にも欲しいのじゃない?」

「ああ……、欲し、欲しい…っ、お、奥…っ、深く、して……っ」

「これでいい?」

「んんん、いいぃ……っ」

響は切ない顔をして、敷布を握りしめてよがる。よくてよくてたまらないのだと、全身で訴える。なんて可愛い、と花森は目を細めた。自分の役に立ちたいなどと健気《けなげ》なことを言う響が、可愛くて可愛くて、猫可愛がりしたい気持ちなのだ。躾などどうでもよくなっていた。セックスも、快楽責めにするよりも、こうしてじっくりと溶かしてやるほうが楽しかった。手間のかかる花を育てるように、いい子、可愛い子、と思いながら抱くと、響もそれに応えるように、匂い立つような艶《なまめ》かしい表情を見せ、いやらしくも綺麗に身をもだえさせるのだ。そうして、体だけではなく、気持ちも共に、極みを迎える。

「はあ、あぁ、ああ、ん……っ」

響が美しい体を弓なりにして、花森に見せつける。淫らな締めつけに応えるように花森が響の中へ放つと、響は喉で泣いて、続けざまに小さく絶頂した。と、その時。

痙攣する響の体に、ふわり、と花の画が浮かんだ。肩から胸にかけてボタンが、花森が摑んでいる腰にフヨウが。力つきて敷布に投げ出された腕には、センニンソウが蔦《つた》まで絡めて浮かび上がった。ああ、と花森は感嘆の吐息をこぼした。

「花……、そうか、響はわたしの花なのか……」

胸が温かくなった。ゆっくりと響の後ろから已れのものを抜きだし、大切に胸に抱いて横たわった。響が可愛くて、どうすればいいのかわからないほど可愛くて、夢見ごこちといった表情の響になんども口づけを繰り返す。響がとろけた表情のまま、ふ、と微笑って花森に抱きついた。

「花森、さ……」

「なんだろうねぇ、もう、可愛い……」

食べてしまいたいとはこのことかと思った花森が、たまらなくなって響の耳朶《みみたぶ》をキュッと噛むと、くすぐったいのと感じたのとで、小さく笑った響が身をすくめた。そこでやっと自分の腕の異変に気づいて、目を見開いた。

「な、なんです、か、これ……」

「センニンソウだよ」

「知ってます、けど、どうして腕に……、な、なんで、なんで……」

驚いたのと怖いのとで響はごしごしと腕をこすってみたが、花柄は消えない。花森は幼い子のようなことをする響をプククと笑い、教えた。

「ほら、胸にボタン、腰にはフヨウが咲いている」

「ほ、本当だ…っ、どうして、ですか、俺、なにか、やりましたか……!?」

「響はなにも悪くない。わたしは花神だからねぇ。大事にしたいと思えば、その気持ちが花となって開いてしまう。響に花が咲いたのも、わたしが響を愛《いと》しいと思っているからだ」

「あ……、そうですね、花の神様だから、ご機嫌がよければ花が咲くんですね……」

「ご機嫌ねぇ」

「はい。田の神様のご機嫌を損ねると稲枯れが起きるし、氏神様のご機嫌を損ねると身内に不幸が起きるし、それと同じですよね、あの、当たり前ですけど、すごいですね、神様って……」

響にとって神様は暮らしに組みこまれている存在だったから、自分の身に起きたことも、花森という花の神様の、いわゆる御業《みわざ》なのだと簡単に納得した。

「す、すごいですね、すごい……あれ……」

神様の奇跡を目のあたりにして、少し興奮していた響だが、体の熱が冷めると同時に花柄も消えていくのだ。どうして、と思った響は、あっとそれに気づいて顔を赤くした。

(花森さんとセックスして、気持ちよくなって、花が咲く……、そ、それってなんか、は、花の栄養剤を、注入されたみたい……)

自分でも下世話だなと思うが、花森が自分の中に出す、という行為から、プランターに刺すタイプの栄養剤が思い浮かんでしまったのだ。

(……中に出されると、すごく気持ちいい、からかな……)

花森がセックス上手ということもあるだろうが、なにより自分の体が男に抱かれるということに馴れたのだろうと思う。中で出されると、熱くてすぐにわかるようになった。その熱が、体の奥から全身にじわりと広がっていくような感覚が気持ちいい……、いや、うっとりするほど心地いいのだ。そういえば花森自身も、花のような香りがするし舐めるとかすかに甘い。口の中に出されるものも、さらりとした甘みがある。花の神様だもんなぁ、きっとなんでも蜜の味がするんだなぁ、と響が心の中でうなずいていると、花森がひょいと自分の体の上に響を引き寄せ、乗せた。

「可愛い響。そろそろ響になにか贈り物をしたい。本当に欲しいものはないの？　生まれ育った家ではなにも買ってもらえなかったのだろう？　欲しいものの一つくらいあるのではない？」

「え、あの、本当にないんです、けど……」

「子供っぽくても笑わないよ。ゲーム機とゲームソフトはどうかな？　遊んだことはないだろう？　あるいはパソコンとか、音楽プレーヤーが欲しくはない？」

「いえ、あの……」

「やはり物はいらない？　それなら前に約束をした遊園地に行こうか。旅行も兼ねたらいいね。新幹線や飛行機に乗ったことはないのだろう？　乗ってみたくはない？」

「あの、なんでそんなに……」

「わたしの大切な響だもの。喜ぶ顔が見たい。どんなことでも響の望みは叶えるから。手に入れたいものがあるなら、なにをしても手に入れるから。だからずっとわたしのそばにいてほしい」

「は、花森さん……」

まるで口説かれているみたいだと思い、響は耳まで赤くして答えた。

「ご、ごめんなさい、俺、本当に、欲しいものとかなくて……」

「大事な子に贈り物もできないのか……。どうしたら響は喜んでくれるの」

「あ、あの、そんな、がっかりしないでください……、あの、俺、今でも十分、嬉しいです、喜んでます、あの、勉強とかできて……」

「サガミが教えているけれどね」

「いえ、ええと、花森さんにはこうやって大切にしてもらっているし、構ってもらえるし、そういうのがすごく嬉しいんです…っ」

「響が大切だもの、そりゃあ構うさ。けれどそれでは、わたしが楽しいだけで、響は少しも楽しくない」

「そ、そんなこと、ないですからっ」

花森はもはや拗《す》ねている。神様の機嫌を損ねたと思って焦った響は、もしかして物やら旅行やら、目で見えるもので喜びを表さないとならないのか、と思い、慌てて言った。

「それなら、あの、プリン！　プリンが欲しいです、食べたいです、今からコンビニに行きましょう」

「プリン？　料理人に、…」

「いえ、あの、か、か、買ってください、プリン、売ってるプリンが欲しいです、か、かか買って…っ？」

人生初のおねだりだ。思いきりつっかえてしまったし、変な汗も噴きだしたが、花森は声を立てて笑うと、響にキスをしてほほえんだ。

「響の望みはなんでも叶える。ではコンビニへ行こうか」

「あの、はい……っ」

響も笑顔でうなずいた。ご機嫌は直ったようだと安心した。


「響？」

「はい、ここにいます」

今日もサガミとサンルームで勉強をしていると、姿を消していた花森が洋装で現われた。いつものロングジャケットに、ネクタイの代わりにスカーフを結んでいる。もちろん髪も短く変化している。先日歴史の勉強で明治時代を学習した響は、鹿鳴館《ろくめいかん》スタイルだ、とふと思った。花森が洋装をする時は外出をする時なので、お出かけかなと思っていると、そばにきた花森にキュウと抱きしめられた。

「少し出かけてる。可愛くもなんともない、五十や六十の男たちに会うだけだから、心配をすることはない。わたしは響だけだから」

「はい、あの、大丈夫です……」

NEW HOLE

「本当だよ？　そうだ、お土産を買ってきてあげよう、なにがいい？　コンビニのプリン？」

「え、あ……、それじゃ、お、お団子を、あの、みんなでおやつに、あの、砂糖醤油のたれのかかってるのがあって、コンビニでも売ってますから……」

「わかった。きちんと買ってくるから、なにも心配しないでわたしを待っていなさい」

「はい、あの、行ってらっしゃい」

また響をキュウと抱きしめて、なんとも名残《なごり》惜しそうに花森は出かけていった。隣に座っていたサガミが、とたんにクスクスと笑った。

「灰谷くん。主人の言葉の意味を理解している？」

「え、あの、仕事？　で出かけるけど、すぐに帰ってくるって……」

「主人は浮気の心配をするなと言っていたんだよ」

「え、浮気？　いえ、俺、この家から出ないし、そういうことする人も、いないですけど……」

「うーん、国語という問題じゃないね。教科の勉強だけじゃなく、本もたくさん読ませないとならないかな。映画を見せるのもいいかもね」

「あの、はい、頑張ります……」

自分に学がないということは自分が一番わかっているので、なにか言葉の意味を取り違えてしまったのだと思い、響は恥ずかしくて耳を赤くした。

英語のテキストを一章音読したところで、休憩にしようとサガミが言った。ハルトがお茶の用意をする中、響は緊張しながらサガミに言った。

「あの、俺、できたら大学に進みたいと、思ってるんですけど……」

「えーっ、主人の手伝いをしたいって、本気だったのかっ」

「あ、あの……」

サガミは目を丸くして、それこそ驚愕したという表情で響を見つめる。なんで知ってるんだ、と響のほうもびっくりした。たしかに花森の仕事を手伝いたいという話は勉強中に話していたが、あの時サガミはガシャンと崩れた人形状態だった。言い方は悪いが、人間で言えば息絶えている状態だろう。自分たちの話など聞こえていなかったはずだ。それなのにどうして知っているのか。花森が話したのだろうかと不思議に思っていると、ガチャッと乱暴に茶器をテーブルに置いたハルトが、なぜか冷え冷えとする眼差《まなざ》しで響を見下ろして言った。

「主人に花だと言われて、いい気になっているんでしょう。曜日や月もまともに英語で書けなかったくせに。今どき小学生でもそれくらい読み書きできますよ」

「あの、すみません……」

「主人は今日、国交省の上の人と会いに出かけたんです。もちろん、呼び出されたのではなく、招かれたんですよ」

「はぁ……」

「……わかっていないみたいですけど」

思ったとおりの反応が返ってこないことに苛立ったのか、ハルトははっきりと嫌悪を示すような表情で響を見た。

「主人は政治や経済を問わず、各界のリーダーたちと仕事をなさっているんです。秘書や部下、専門の部署長が対応をするなんてとんでもない、リーダー本人が主人に会いたくて、席を設け、丁重に招いているんです。会うも会わないも主人次第。わかりますか？」

「はい、あの、偉いんですね……」

「偉い？　あなた本当に、幼児レベルの知能ですね」

ハルトは響を鼻で笑い、続けた。

「本当に。その程度の知能でよくも主人の仕事を手伝いたいなんて言えたものですね。いったいなにが手伝えるというんでしょうね、使い走りですか？」

「すみません、馬鹿で、で、でも、だから、あの、今一所懸命勉強してるんです、英語はまだ一年のところなんですけど、理科と数学は二年の範囲に入ったところで、…」

「因数分解をやっと覚えたところ？　まあ、素晴らしくよくおできになるんですね」

言い返されたら言い返されたで勘に障るのか、ハルトは憎まれ役の役者も顔負けという、人を馬鹿にしきった表情で響に嘲笑《ちょうしょう》を浴びせた。馬鹿だのクズだの役立たずだの、直接的な罵倒には馴れている響だが、嫌みはほとんど言われたことがない。ハルトの言葉をどう受けとめればいいのかわからなくてうつむくと、サガミが小さな溜め息をこぼしてハルトに言った。

「まさか灰谷くんに嫉妬しているのか？」

「…っ、どうしてわたしがこんな低能に嫉妬などっ」

そう言ったものの、図星を刺されたのか、ハルトの頬に血が上った。サガミは今度は深い溜め息をこぼした。

「ありえない。僕たちは人形だ。人形が嫉妬なんて、そんな、人間のような感情を持つなんて……」

「だからっ、わたしは嫉妬などしていないっ」

「悪いことは言わない。主人にメンテナンスをしてもらいなさい。きみは人形ではなくなりかけているよ」

「…人形、人形ってっ……わたしたちは箱から出たら人間と同じですっ、切れば血も出るしっ、感情だってあるっ、あなただってそうでしょう⁉　わたしよりあとに来たくせに、なにを偉そうにっ」

「ハルト、優劣の感情も人形には、…」

「黙れっ」

ハルトは手にしていた菓子器をガンとテーブルに叩き置くと、そのまま部屋を飛びだしていった。

ハルトの剣幕も恐ろしかったし、二人の交わす会話の内容もまったく理解のできなかった響は、体を硬くして、目の前のティーカップを見つめた。どういうことなのかサガミに尋ねたかったが、今現在、人間の自分が、昔は人間だったのに人形にされてしまったサガミにいろいろ聞くのも悪い気がして、どうしても聞けない。妙な空気にいたたまれなくなった響は、自分の話題なら問題ないだろうと思って、言った。

「あの、俺、勉強頑張りますから、これからも、見てください……」

「え？ ああ、もちろん。僕は教師だからね。教え子にはとことん付き合うよ」

「ありがとう、ございます、俺、本当に馬鹿で、すみません……」

「なんだ。ハルトの言うことなんか気にすることはないよ。灰谷くんはとても覚えがいい。ハルトの暴言はただの嫉妬だから」

「俺に嫉妬なんて、変ですよ、ね……」

「まったくね。長く箱から出すぎて、自分が人形だということを忘れているのかもしれない。主人に言えば、すぐにメンテナンスしてもらえるから、灰谷くんが心配することはないよ」

「はぁ……。メンテナンスって、あの、なんていうか、洗って拭いて、綺麗にするんですか……？」

「分解洗浄ということ？　それはしない、必要ない。僕らは汚れたら自分で洗うからね。主人が僕らに行なうメンテナンスというのは、感情を消すことだよ」

「……」

サガミはなんとも簡単に答えたが、感情を消す、という残酷な言葉に響は愕然としてしまった。声もなくサガミを見つめると、サガミは優雅に茶器を口に運んで説明した。

「人形は主人、わかりやすく言えば持ち主だね。持ち主に可愛がられ、大事にされていれば満足なんだ。可愛がられることが人形の本分、大事に扱われることが人形の本望。そうだろう？」

「あ、は、はい……」

「だから灰谷くんが主人の花で、主人にとって特別に大事で、なによりも可愛がられているとしても、それに嫉妬をするなんておかしいんだよ」

「あの、でも……勘違いかもしれないですけど、ハルトさんは、花森さんのことが、その、好きなんじゃないかと、思うんです……、だから、花森さんが俺に構うのが、面白くないんじゃないかなって……」

なにしろハルトにとって花森の言うことは絶対なのだ。もちろんサガミやほかの人形たちも花森になにかを言われれば、笑顔でそれに従っているが、ハルトのそれは、もっともっと自分を使ってほしい、花森のことはすべて自分が取り仕切りたい、とでも思っていそうに感じられる。なんというか、世話焼きの妻というような。だからこのところ花森が構いまくっている響に嫉妬をするのも、仕方がないのではないかと思う。

響がそんなことを要領悪く言うと、サガミも眉を寄せて、うん、とうなずいた。

「だから、それがおかしいいんだ。ハルトだけではなく、この屋敷の人形は、みんな主人のことが好きだ。当たり前だろう、望みはすべて叶えてくれる財力と権力を持っている。扱いはいつも親切で優しいうえに、男でも見惚れてしまうくらいの外見をしているんだ」

「はぁ……」

「おまけにセックスの巧いことときたら、誰だって溺れるだろう。欲望という欲望をすべて満たしてくれるんだよ?」

「欲望、ですか……」

「人形になった今でも、主人は僕たちの望みを叶えてくれる。大切にしてくれるし、抱いてほしくなったら抱いてもくれるよ。主人は僕たちにとって理想の恋人で、しかも僕たちは主人と永遠に恋愛を続けていけるんだ。ただただただひたすら甘い、恋愛をね」

「……甘い、恋愛……」

「僕たちは人形だからこそ、完全に満たされているんだ。それなのにハルトは人間のように嫉妬などして。不具合が起きたということだよ。主人からのメンテナンスを拒否したら、ハルトはたぶん、二度と箱から出してもらえなくなるだろう」

「人形として……」

呟いて、響は悪いとは思ったがゾッとしてしまった。たしかに人形なら、持ち主に、花森に、大切にされていれば幸せだろう。花森と人形と一対一の関係で、その時だけ存分に可愛がられて、欲しいものはすべて与えられて。けれどサガミを始め、人形たちだって元は感情のある人間だったのだ。嫉妬や怒りだけではない。

（今の俺みたいに、夢があって、それを叶えるために努力して、努力を認められて嬉しく思ったり、いつかはこんなことしてみたいって、想像する楽しさとか……）

そうした素敵な、素晴らしい感情を持っていたはずなのだ。なのに、それを捨ててまでどうして人形になろうなどと思ったのか。心底不思議に思って、響は真っすぐにサガミに尋ねた。

「感情が、なかったら……、花森さんに、可愛がられても、嬉しい、とか、思えないんじゃないですか……？　それでも、人形になろうと思ったんですか……？」

「そうだね」

サガミは静かな微笑を浮かべて答えた。

「人形になろうと思ったわけじゃないよ。人形に、なってしまったんだ」

「なってしまったって……」

「きみの質問に答えると、人形になっても幸せだよ。いや、満足している、と言うべきだね。

主人と最高の恋愛をしている時のまま、時間が止まっているんだ。僕は今のまま、永遠に老いない。主人も老いない。永遠に、恋愛の頂点にいる時のままでいられる。これ以上はない幸せだよ。きみも人形になれば、この幸福がわかる」

「……」

そう言って、サガミは本当に幸福そうにほほえんだのだ。けれど響は素直に納得ができなかった。言っていることがまったく理解できなかった。恋愛の頂点というものがどれほど素晴らしいのかわからないが、その一点からわずかでも前へ進むことがないということが気持ち悪かった。自分のすべてがそこで、死んでしまっているような気がした。

なにかが喉に詰まっているような気分になりながら、響は言った。

「でも、俺は、やっぱり……、人形になるのは、いやです……さ、最高の恋愛とか、わからないし……欲しいものも、ないから……、俺は、今のまま、人間でいたいです……」

「僕も含めて、みな最初はそう思っているんだ。だけど、気が変わる。……そういえば主人が新しい箱を用意していたよ。近いうちに灰谷くんも、こちら側へ来る……ということだろう？」

「……」

サガミは意味ありげにふふふと笑った。響は小さく首を振った。

なんとなく、勉強を続ける雰囲気ではなくなってしまい、今日のサガミ学校は終了した。

まだ昼前だ。響はハルトが出してくれた厚焼きクッキーをペーパーナプキンに包むと、それを持って温室から庭へ出た。お気に入りの泉へ向かって歩きながら、考えても考えても、人形になるのは……、感情を持たない人形になるのは、幸福ではないと思ってしまう。

「幸福じゃなくて……、いやだとか悲しいとか、そういう気持ちだって、なくすのはいやだ……」

実家にいた頃は、それこそいてもいなくてもいい存在と思われていた。両親からの無視や長兄とのあからさまな差別も、自分は三男で長兄は跡取り、種類が違うのだから待遇が違うのも仕方がないのだと諦めていた。諦めていても、ただの雑用ロボットのように、物のように扱われるのはいやだった。それこそ結婚だって、いらない三男だからあげますというような、響の気持ちまで無視する家族に耐えられなかった。

「いやだって、耐えられないって、そういう感情があったから、東京に逃げだせたんだ……」

そうして東京で働いて、得たお金で食べたいものを食べたり、欲しいものを買ったり……、自分の好きなことのためにお金を使える喜びを知った。ほかの人から見たら当たり前だろうと思うことさえ、響には許されていなかった。そこから逃げ、当たり前の幸せを手に入れることができたのは、他人の家に婿としてポイと譲られる自分がいやだったからだ。そこまで意志や感情を無視されることが悲しかったからだ。

「感情が、あったからだよ……」

だからあの、夢など見ることも許されない家から逃げられたのだ。そうして自分のために働き、自分の好きなように暮らすという、人として最低限の幸せを手に入れることができた。小さいけれど、一歩、前に進むことができた。ないと思っていた未来へ自分で進むことできた。

「それなのに、感情のない人形になるなんて、やっぱりいやだ……」

サガミが幸福そうに言ったように、たとえば今人形にされたら……。今と同じように花森に可愛がられ、大切にされるだろう。今と同じように好きなだけ勉強させてもらえて、教師までつけてもらって、きっと幸せなままだろう。その幸せのまま時間が止まる――。

「……花森さんの仕事を手伝うことも、花森さんの役に立つことも、できなくなるんだ」

響は溜め息をこぼした。花森は人間ではないが、それでも自分以外の誰かから大事にされ、気持ちを尊重してもらい、意見を聞いてもらえる、そういう、人としての幸福を貰った。車や腕時計を貰うのとは、比べものにならないくらいの幸福だ。嬉しくて嬉しくて、嬉しいからこそ、この気持ちを返したいと思った。こんなに幸せなんです、ありがとう、という気持ちを返したいと思った。今は無理でも、いつか、未来に。

「でも人形になったら、そんな未来もなくなる」

呟いて、響はもう一度溜め息をこぼした。たどりついた泉のそばに座り、持ってきたクッキーをそっとかじる。花森は響のことを、ただの愛人だと思っている。それはいい。愛人だろうと、人間として大切にしてもらっている。響を構い、可愛がり、望みはなんでも叶えると言って甘やかす。サガミは恋愛の頂点の幸福と言ったが、それと同じくらい響が幸福を感じたら、その時花森はためらいもなく響を人形にするのだろう。花森と会話をし、勉強をし、抱かれ、それで十分に幸福な響のまま人形にし、会話と勉強とセックスを与えて可愛がるだろう。少しでも花森に幸せを返したい、だから役に立ちたいという響の気持ちも、花森にとっては必要のない感情なのだ。

「……わかってる……」

響は花森に好意を持っているが、だからといって花森から同じような気持ちを返してもらおうとは思っていない。なにしろ花森は花神だ。神様だ。人間を相手にするように、ふつうに恋人関係になりたいなど、思うだけで罰当たりで畏れ多くてとんでもないことだ。それは響もちゃんとわかっている。

「俺は、恋人、とか、花森さんと、付き合いたいとかじゃ、ないから……」

花森のそばで日々を過ごしたいだけだ。たとえば企業の社長になりたいとか、政治家になって日本の舵《かじ》を取りたいとか、そういう夢があるわけではない。明るい未来なんか全然約束されてなくても、進んでみたら薄暗くても、大嵐《おおあらし》だったとしても、なにが待っているかわからない先へと進んでみたいのだ。明日はこれを頑張ろうとか、明日こそこれができたらいいだろうとか、そういう日々を送りたい。

「十年後も、今日とまったく同じ幸せ、とか……」

気持ちが悪い。と、単純に思う。幸せは幸せだとは思う。でもそれは、人間の幸せじゃない。響の欲しい幸せではない。

「……やっぱり俺、人形になりたくない……。今日、これから、最高に幸せと思うことが起こったとしても、それ、繰り返したくない。花森さんに大事にされるだけなんて……」

「物」として扱われるのがいやだから、家からも逃げたのに。

だから、絶対に人形にはならない。花森に請われてもいやだ。それで花森にいらないと言われて捨てられることになっても、そばにいられなくなっても、それでも人形になるのはいやだと思った。

夕食時まで庭で過ごし、屋敷に戻る。屋内に入ったとたん、ハルトが不機嫌もあらわに響を迎えた。

「夕食に遅れますよ」

「すみません……」

響は肩を縮こまらせて謝った。自分が嫌いなら世話を焼いてくれなくていいのに、と思うが、花森から響の世話をしろと命じられているからか、ハルトは響のそばから離れない。食堂だって一人で行けるが、ツンケンするハルトに案内してもらった。

この屋敷で食事を必要とするのは響だけだ。だから広い食堂で、いつも一人で食事をする。美形で愛想のいいギャルソンといった感じの給仕係、でも人形を話相手に、庭に生えている食用植物をすべて把握しているらしい、これもまた美形の料理人、でも人形が作ってくれた、非常に美味な料理を食べるのだ。

今夜はオムライスがメインだ。この屋敷に閉じこめられた最初の頃は、どうやって食べればいいのかわからない西洋料理を出されたりしてとまどったが、少しずつ響の好きなもの……ありていにいえばふつうの家庭料理だが、それをよく出してもらえるようになって嬉しい。ふわふわ卵をスプーンですくって口に入れ、おいしい、とほほえんだ響だが、背後のハルトにフンと小馬鹿にするように鼻を鳴らされて、またしても肩を縮こめた。マナーを知らなくて嘲笑されるのはいいけれど、ものを食べること自体を笑われるのは、さすがの響もいい気持ちはしない。食事を必要としない人形に囲まれて、自分だけ食事を必要とする立場にいると、異端という感覚を恐ろしく味わう。勇気を出して、響はハルトに言った。

「あ、あの……」

「なんですか」

「あの、じ、自分のことは、自分でやりますから……、その、椅子、引いてくれなくていいし、食べたらちゃんと、部屋に行きますから、お、俺の世話、してもらわなくても、大丈夫、……」

「あなたのためにやっているわけではありません」

「あ、はぁ……」

「わたしは人形になる前から、この屋敷のことを取り仕切ってきたんです。人形になってからもそれは変わりません。毎日箱から出してもらうのはわたしだけ。そうやってこの屋敷のことを任されているわたしは、いわば主人の正妻です」

「は、はい……」

「妻なら、主人が拾ってきた動物の世話をするのも当たり前でしょう。主人は可愛がるだけ、わたしはエサやりなどの世話。いつもそうやってきたんです。だからあなたは黙ってわたしに世話をされていればいい」

「……あの、はい……」

ハルトからまたしても鼻で笑われた響は、ハルトは花森の正妻のつもりでいるのか、と思い、あまりに予想外のことだったので、驚きを隠すためにオムライスを口に運んだ。

(そんなふうに思ってるなら、いくら感情のない人形だって、俺に嫉妬する、よ……)

なにしろ花森は現在、集中的に響を可愛がっているのだ。花森を夫だと思うくらいに好き……愛しているのなら、響を憎く思って当然だと思う。けれど響にはそれをどうしようもない。別れるというような関係ではないし、第一この屋敷から出ることはできないのだ。

沈んだ気持ちで夕食を終えて、部屋に引き取る。響の部屋というものはないので、もちろん花森の寝室、窓のない箱の中のような部屋だ。ハルトがベッドカバーを剝がしながら言った。

「主人は今夜は遅くなります。お風呂はどうしますか」

「あ……」

暗に、セックスはないと思いますよ、と言われている気がして、響はうろたえて答えた。

「あ、あとで、入ります、べ、勉強するので……」

「わかりました」

ハルトのそっけない返事に小さな溜め息をこぼした響は、そのハルトの向こうに置かれてある巨大な引き出し簞笥を見て、本当に千両箱が積んであるみたいだな、と思った。思ったとたん、恐ろしい予感がして背筋にゾッと悪寒を走らせた。

箱。

（サガミ先生も、ハルトさんも、『箱』から出してもらえるって、言っていたけど……）

まさかその『箱』とは、目の前の簞笥の引き出し、一つ一つのことなのか。

まさか、と響は思う。まさか、こんなたくさんの引き出しすべてに、人形が入っているというのだろうか。いや、そんなわけがないと思う。もしこれが人形を入れる箱だとしたら、何十体にもなってしまうではないか。そんなわけがない、と思いながら、ふらふらと簞笥に近寄った。人形が入っていないことをたしかめたかった。

（入ってるわけない。奥行きがない。サイコロみたいな形だし……）

ふるえる手で金具の把手《とって》を摑んだ。引く。引き出しは軽く開けられた。恐れていた、人体が入っていそうな重さはない。やはりリネン類や衣類が収納されているのだ。ホッとして中をちらりと見た響は、あまりのことに声も出せずに硬直した。

人の頭部があった。まるで眠っているように安らかで、綺麗な顔をこちらに向けて置いてあるのだ。あまりにも信じがたいものを目にし、恐怖心が麻痺した。まじまじとそれを見る。頭部の両脇には手と肘《ひじ》の部分が置かれてあった。頭部の下には肩と思える部分があり、その下にある肉色のものは、おそらく下腹や脚部に違いない。まさに、折り畳まれたといった具合に、人体がまるごと収納されていたのだ。

「……ッ」

悲鳴をこらえるために両手で口を覆った。人体……、いや、人形にされてしまった元人間。人形だとわかっても、吐き気がこみあげてくるほどの恐怖は消せない。ここにある箱すべてに人形が入っているのか。本当に、こんなにたくさんの人形……、元人間が？

「……」

何回も深呼吸をして気持ちを落ち着け、響は隣の引き出しも開けてみた。入っていたのは、同じように折り畳まれた人形――。響は慄然《りつぜん》としながら引き出しを積み重ねた簞笥を見渡した。このすべてに人形が収められている……。

「……っ」

食べたものが胃から逆流しそうになった。こんなふうに収納されるのは絶対にいやだと思った。この人形たちは、元は人間だったのだ。それがこんな、本当に物のように箱にしまわれているなんて。こんなふうにしまわれる物になるなんて、絶対に絶対にいやだ。

その場にうずくまり、手で口を押さえてぐっと嘔吐《おうと》をこらえる響の耳に、ハルトの嘲笑《あざわら》うような声が届いた。

「箱に入り、みな動けませんけどね。耳は聞こえているんです。だからみな、主人とあなたのことは知っています。あなたがどんなふうに主人に可愛がられて、どんな声をあげているかもね」

「あ……」

「そして主人があなたのことを、花だなどと血迷ったことを言ったことも」

ハルトの眼差しが射抜くように鋭くなった。ビクリとした響を鼻で笑い、ハルトは続けた。

「サガミが言っていたでしょう、主人が新しい箱を用意していると。みな、あなたがその箱に納まって、ここに置かれることを楽しみにしていますよ」

「あ……、俺……」

響は無意識に首を振って答えた。

「いやです、人形にはならない……、絶対、なりません……」

「お馬鹿さん。人形になりたい、なりたくないということじゃありません。人形に、なってしまうんです」

「……⁉」

ハルトの言葉はまったく理解ができない。床にへたりこんだままハルトを見上げていると、ふ、と小馬鹿にしたような笑みを浮かべたハルトが近寄ってきて、腰を屈《かが》めて響に耳打ちした。

「主人には内緒ですよ。人形になりたくないのなら、主人に好きだと告げてはいけません」

「え……、え……？」

「どれほど主人を愛しく思っても、どれほど主人に身も心も添わせたいと思っても……、好きだと告げてはいけませんよ。好きだと主人に告げた瞬間、あなたは人形になる」

「……」

「あなたが人間でいたいなら、好きだと告げて、主人に心を渡さないことです」

「……」

ハルトはふふふと小さく笑い、ターンダウンの作業に戻った。

茫然と床に座りこんだまま、それでも響は納得した。すべてが理解できた。ハルトもサガミも、なぜ人形にされても花森に好意を持ち続けているのか。なぜ恨んだり悲しんだりしないのか。

（サガミ先生の、言ってたことは、こういうこと、か……）

永遠に恋愛を続けていけるという意味。恋愛の頂点で時間を止められることの幸福。欲しいものはなんでも与えられ、甘やかされ、わがままを聞いてもらえ、体が溶けるほどのセックスに溺れたら。

（……言ってしまう、きっと、誰でも。好きだって）

響には恋愛経験はないが、同級生のカップルをいくつか見てきた。付き合い始めは、相手の素敵なところしか見えなくて、ただひたすら楽しくて、幸せで、急上昇で盛り上がる。自分たちは世界で一番幸せだ……、そんなふうに見えた。世界で一番幸せだと思っていたら、きっと誰だって言う。それくらい幸せなら相手に言う。「好きだ」と。

けれど花森は人間ではない。ハルトやサガミや、もちろん響とも恋愛をしたいわけではないはずだ。綺麗で可愛い人形が欲しいだけ。だから『好き』という心からの言葉を告げられた時、文字どおり、心ごと自分のものにするのだ。人形という「物」に。

（それで、人形にされた人たちは……）

ハルトやサガミを見ていればわかる。恋愛の頂点で時間を止められ、その時の幸福に閉じこめられたままでいる。だから、本人は永遠に幸福なのだ。花森に箱から出してもらい、その時だけ仮初《かりそ》めの生を得て、最高の恋愛を続行する。

（……残酷、だ……）

響は素直にそう思う。箱から出してもらった時だけ花森に可愛がられ、世界で一番自分が愛されていると満足し、それなのに花森自身は、箱に入れられた一人一人の世界一の想《おも》いに何一つ応えてやらないのだ。可愛い、可愛いと言って、愛でているだけなのだ。人形だから。

（そりゃあ……花森さんは、神様だから……、人間なんか、玩具の扱いなのかもしれない、けど……）

ハルトたちもそれで満足なら響が口を出すことではないが、でも、響自身はとうていそんな扱いには耐えられない。愛情を玩具だと思われて弄《もてあそ》ばれるなんて、絶対に耐えられない。響は高価な服も腕時計も車も欲しくない。満たされたい物欲がない。ベタベタ甘やかされたり可愛がられたりも、嬉しいけれどそんなに望んでいない。ただ、花森のそばで将来やりたいことを話したり、やりたいという意志を尊重してもらったり、その夢を実現させるための努力を認めてもらったり、そういった、ごくごくふつうに、一人の人間として大事にされたいのだ。

（それが俺の望みで、それを花森さんは、叶えてくれて、俺は今がすごく嬉しくて、幸せで……、だから、こんな幸せをくれた花森さんに、気持ちを返したくて……役に立ちたくて……）

だからここで時間を止められたくない。もっと勉強をして、大学にも進んで、たくさんの知識を身につけて、花森の仕事を手伝いたい。この気持ちは愛という感情には遠く及ばないだろうが、それでも響の本心だ。心からの想いだ。その想いごと人形に、玩具にされるのは悲しすぎる。

「……」

響がうつむいて溜め息をこぼすと、ハルトは水差しを抱えて楽しそうに言った。

「主人からは逃げられませんよ。人形になりたくないのなら、好きだと告げなければいいんです。簡単でしょう?」

「……、言いません……」

「そうですか。せいぜい頑張ってください」

ハルトはククッと笑い、部屋を出ていった。

◆4

昼食のあとは、眠気ざましと勉強の息抜きに、庭を散策する。もちろん花森も一緒だ。ふと空を見上げた花森が、微笑を浮かべて言った。

「ああ。取り替え童子が通っていく。そろそろ梅雨《つゆ》も終わるね」

「えっ……、ど、どこですか、どこに……!?」

「ほら、あそこに」

「どこ、どこ……」

花森に指差されたあたりに視線を向けたが、目に入るのはまばらに雲が浮かぶ空だけだ。

ああ、と花森が言った。

「雲の向こうに隠れてしまったねぇ」

「そ、そうなんですか……っ。あの、取り替え童子、てことは、子供の姿をしている、んですか……？」

「そうだねぇ、響にもイメージしやすいようにたとえると、聖徳太子《しょうとくたいし》の頃の服、になるのかな？」

「そ、そうなんですか……、見たかったです……」

「かなりのんびりと歩いていたんだけれど……。ああ」

うっかりしていた、という表情をした花森が、ふいに響を抱き寄せて口づけをした。びっくりしたのと恥ずかしいのと嬉しいのとで、響の頬が朱に染まる。唇を離した花森は、響の赤くなった目元から首筋にかけて花の画が浮かんだことを見て、嬉しそうに目を細めた。

「わたしの花……」

「え……、あ」

そこで響も、自分の手の甲に花柄が浮かんでいることに気づいて、ますます顔を赤くした。どうもこの頃、セックスをしなくても、花森に抱きしめられたりキスをされただけで、体に花柄が浮かんでしまうのだ。たぶん、嬉しい、という気持ちと連動しているのだと思う。丸わかりで恥ずかしいなと思っていると、ふふ、と笑った花森が、ほら、と空を指差した。

「今なら取り替え童子が通った跡が見えるのではない？」

「……、あ、あれですか？」

空を見上げて目を見開いた。鈍色《にびいろ》の空を横切るように、二筋の細い飛行機雲のようなものが平行して伸びている。

「車輪の跡みたいですね……」

「童子が引いている俥《くるま》の轍《わだち》の跡だよ。稲水《いなみ》の媼《おうな》をその俥に乗せて……言ってみれば回収しているわけだね」

「イナミノオウナって、なんですか……？」

「ああ、梅雨の神様というようなもの。嫗が家に帰ると、今度は灼空《しゃくくう》が来る。夏の神様だよ」

「そ、そうだったんですか……っ」

驚いて目を丸くする響だ。この素直さも愛しいと思った花森が、ふふ、と笑う。なぜか恥ずかしくなった響は、強引に話題を変えた。

「あの、どうして……、童子の車輪の跡が、急に見えたんですか……？」

「響はわたしの花だからね。花なら見えもするさ」

「あの、この花柄……？」

「わたしは響に骨抜きのようだから。愛しい気持ちがすぐに響に流れてしまう」

「は、はぁ……っ」

キスをしたから、花森の神様成分が自分にも流れたのだろうかと思い、響の頬はたちまち染まった。花森は自分自身に呆れたように骨抜きなどというが、嬉しい反面、そんなわけがないと響は思う。本当に、そんなわけがない。花森の優しさや甘い言葉は、恋愛感情につながる好意から出たものではないのだ。

（だって花森さんは、俺を、人形にしたいんだから……）

響が花森に好きだと告げ、心を丸ごと花森に捧《ささ》げるのを待っているのだ。

それなのに、響の話に真面目に耳を傾けて、将来は花森の仕事を手伝いたいという無謀にも思える夢も笑わずに聞いて、勉強の環境も整えてくれる花森といると、幸福なのだ。

（だけど、これは、ハルトさんみたいな恋愛感情じゃ、ないはず……）

これまで同性をそういう意味で好きになったことなどない。だから響を一人の人間として大切に扱ってくれることが嬉しいのだと、自分に言い聞かせるように響は思った。そうでなければ悲しすぎる。苦しすぎる。花森を心底本当に好きになったら、恋をしたら、好きだと言ったら……、人形になるだけなのだ。

「……」

響がそうっと溜め息をこぼしたところで、いけない、と花森が言った。

「媼の落としものが降ってくる。あれにあたると風邪を引くよ。屋敷に戻ろう」

「え……、わあ……」

空を見ると、エメラルドのような緑色の珠《たま》が降ってくる。綺麗だったので手に取ろうとしたが、それを花森にさえぎられた。

「さわってはいけないよ。風邪を引くと言っただろう？　季節の変わり目の風邪はこれが原因だからねぇ」

「そう、だったんですか……っ」

「さあ、屋敷に戻ろう。響に風邪を引かせるわけにはいかないからね。屋敷に戻るまで、わたしが媼の落とし物を払ってあげるから」

「……はい」

抱き寄せられて、響は小さくほほえんだ。この優しさは好意ではないと、ちゃんとわかっていた。

その夜。

寝室でいつものように花森から濃厚な愛撫を受けて、響はあえぎながらも困惑していた。響の体にはすでに、いくつもの花が浮かんでいる。

「は、花森さん、で、でも……」

「うん？　わたしが欲しいのではなかった？」

花森のあぐらの上に乗せられて、クチュクチュと後ろを指でかきまぜられている。ヤマユリの蜜をまぶされて、響の穴はいろいろな意味でとろとろだ。いたずらな指に中の弱点をグリグリと刺激され、響はさらに体に花を咲かせて身もだえた。

「んんん……っ」

「ほら、指では足りないのだろう？　わたしが欲しいのだろう？」

「ん、欲しい……」

「好きなだけあげるから。自分で入れてごらんと、言っているのに」

「で、でも……」

響はどうしてもベッドの向こうにずらりと積んである『箱』が気になるのだ。あの箱の中に何十体も収納されている人形たちが、自分たちの睦言《むつごと》を余すことなく聞いているのだと思うと、とにかく恥ずかしい。しかもこのところの花森は最終的に騎乗位ばかり求めてくるので、響の嬌声を真っすぐに箱に届けてしまう。それもまた羞恥を増大させる原因だった。

「どうする、響。欲しくないなら、おとなしく寝よう。うん？」

「やぁっ、あ、あっ」

しつこく中をいじめられて、とうとう我慢のできなくなった響は、赤い顔をさらに赤くして、そろりと花森自身を握った。ふふ、と笑った花森が、響の後ろから指を抜き、代わりに尻肉を摑んでグイと開いた。そのまま響を持ち上げて、挿入しやすいように支えてやる。は、と息をついた響が、細く蜜を垂れ流す穴に花森を押しつけ、ゆっくりと腰を落とした。

「んぅ……ん、ん……」

時間をかけてほぐされた穴は、ほとんど抵抗もなく花森を呑みこむ。ぎっちりと根元までくわえこんで、響は吐息をこぼした。苦しいほどの充塞感が腰がジンとするほどいい。うっとりとした顔を間近から眺めていた花森も、嬉しそうにほほえんだ。

「わたしを入れて、気持ちいい？」

「…、いい……」

「どうしてほしい？　響のいいようにしてあげる」

「ん……、こす、て……」

「可愛い響。望みのままに」

なんであれおねだりをされて、花森は嬉しそうにほほえんで響の腰を掴んだ。そのまま、体重などないとでもいうように、軽々と響を動かす。

「あ…、いい、あ、あ…」

花森の首に腕を回して、抱きついて響はあえいだ。ギリギリまで抜かれ、響の体重も合わせて根元まで突きこまれると、腰が溶けるほど感じる。

「いい、い……、もっと、も……、浅、い、とこも……」

「ああ、ここかな」

「あ、ヒッ、…そこ、そこっ……、あ、あ、奥っ、奥も……っ」

「響は睦事の時しかおねだりをしないねぇ。どうもわたしは閨《ねや》の玩具になった気がしてくるよ」

不満を言いながらも花森は嬉しそうにほほえみ、響の望むとおりに中の弱点を突きこすり、奥深くまで突き入れて満たしてやった。途切れることなく嬌声をあげる響の穴で、蜜と響の粘液が交ざり合ったものがいやらしく泡立っている。

「あっあっ、いく……、も、いく、いく……っ」

響が口走ったところで、花森がベッドに横たわった。花森の首にすがりついたまま、のしかかる格好になった響が焦れて泣く。

「う、動か、して……こすって……」

「体を起こして。わたしの腰にまたがって。響の全部を見せて。そうしたらこすってあげる」

「ま、また……上に、乗るの……」

なぜ騎乗位ばかりしたがるのかわからずに、それでも響は快楽が欲しくて花森に従った。響自身の蜜が垂れて卑猥に濡れて脈打っている前も、花森とつながっている部分も、すべてが花森の視界に収まる。綺麗な体にすでにふわり、ふわりと咲いている花を眺め、花森は目を細めた。

「いい子だ。気持ちよくしてあげる」

「…あっ、あっ、いい……っ」

再び響の腰を摑み、軽々と動かす。花森に躾けられた体は、花森の意のままに、いとも簡単に極みを迎える。

「あ、いく、いく…っ、ま、前っ、さわりた…っ」

「このまま。さわらないで出してごらん」

「無理、無理っ、中、でいく時…っ、出ない…っ」

「出せるよ。後ろに手をついて。……響、後ろに手をつきなさい」

いやいやと首を振りながらも花森に言葉に従った響は、仰け反るような体勢になる。そのまま花森に持ち上げられ、落とされた響は、中の弱点を花森に強烈に突かれて悲鳴をあげた。

「やあっ、や、やっ、いく、いくっ、やだぁっ」

「このままいってごらん。前でもいけるから」

「やだ、やぁっ……、あっあっ……ヒ、ヒ、ヒイィっ、あぁぁっ」

響が中いきしかけたところで、花森はとどめとばかりに弱点を突きえぐった。ひゅ、と息を吸った響がそのまま呼吸を止めて腰をふるわせる。前をさわってもいないのに、花森に中から押し出された、というふうにたっぷりと白いものを飛ばした。同時に花森が響の中に放つ。響の全身が内側から燃えるように熱くなった。

「……っ、あ、あ、いや、熱い、熱……、あ……、中……、中、熱い……」

「中に欲しかっただろう？　わたしのものを呑むと、いいだろう？」

「い……、溶け、る……」

それは言葉にできない快感だ。気持ちがいい、のではない。満たされる、という快楽だった。心も体も、幸福感というものでいっぱいになる。ああ、と吐息をこぼした響の体に、また花が咲いた。咲いていないのは顔だけだ。それを見た花森も、甘い吐息をこぼす。

「ああ、美しいね……、わたしの響……」

「あ……ん……」

響の腕から力が抜けて、そのまま背後に倒れそうになる。花森が慌てて身を起こし、抱き留めた。ゆっくりと響を持ち上げて中から己れを抜きだすと、そのまま抱きしめてベッドに横たわった。

「響……、響……」

「ん、う……」

ふう、と息をついた響がとろけた目で花森を見つめた。幸福感が持続していて、わけもなく笑みが浮かんでしまう。幸せな子供のような無邪気な笑顔だ。響の体からふわりと花の香りがするのは、花森の精をたっぷりと呑んだからだろう。花を咲かせるだけではなく、香りまで立ち上らせる。花森はほほえんだ。まごうかたなく、響は花だ。自分の愛すべき花。可愛くて可愛くて、花森は胸がキュンとした。

「響……」

「な、に……」

「可愛い響……、わたしだけの響……、愛してる、愛しているよ、愛しい子……」

「……」

初めて、花森の口から愛しているという言葉が出た。響の心臓が大きく跳ねる。真に受けるな、勘違いするな、花森のこれは恋愛感情から出た言葉じゃない。そう思うのに、響の心は嬉しさでいっぱいになってしまった。違う、信じるな、と自分に言い聞かせるのに、嬉しさが花となって響の全身を覆ってしまったのだ。耳にも、頬にも目元にも。それを認めた花森が、ああ、と吐息のような声をこぼし、紅色の花を咲かせた響の目尻にキスを落とした。

「すごい……全身に花が咲いた。初めてだねぇ、響」

「あ……、俺……」

「可愛い、可愛い響。愛しているよ、愛している」

「俺、俺……」

「響は？　響もわたしのことを愛している？　好きだと言ってくれる？」

「お、俺……」

言えるわけがない、と響は思った。好きだと言ったら、人形になってしまう。幸福で、満たされて、嬉しい気持ちのまま好きだと告げて、心を渡してしまったら、人形にされてしまうのだ。

（いやだ……）

人形になんかなりたくない。どれほど花森が好きでも……、そう、好きでも。花森のそばを離れられないくらい、好きになっている。ずっと花森と生きたいと思うくらい、好きになっている。だからこそ、言えない。言いたくない。好きだと言って人形にされたくない。花森にだけは、物として扱われたくない。

「あの、や、いや、です……、言わない……」

「うん？　恥ずかしい？　簡単だろう、す、き、と言うだけだよ？」

「ご、ごめんなさい、花森さんの、こと…す、好きじゃ、ない、から……」

「下手な嘘をつくのはどうして？」

花森はクスクスと笑った。

「ほら、ごらん。体中に花を咲かせて、甘い香りまでするんだよ。響には見えないだろうが、顔にも咲いている。わたしを拒絶していたら、こうはならない」

「あ、あ、あの、俺……っ」

「ほら、今また、口元にサクラソウが咲いた。そんなにわたしのことが好き？」

「あの、違います、す、す、好きじゃない…っ」

「体ではこんなに好きだと言っているのにねぇ」

「……っ」

「まあ、わたしは気が長い。響が恥ずかしくなくなるまで、ゆっくりと待つよ。なにしろわたしは響に骨抜きだからね。愛しくて愛しくて、食べてしまいたいよ」

「ああああの……っ」

「この世で唯一のわたしの花。これからも大事に大切にする。ずっと綺麗な花を咲かせるよ。響の僕になってもいい」

「そそそんな……っ」

「だから響。いつまでもわたしのそばにいてほしい。愛しているよ、響」

花森はそう言って、サクラソウが咲いているという口元にキスをした。真に受けるな、とまた思いながらも、響はさらに顔を赤くした。落ち着け、落ち着け、と自分に言い聞かせる。言葉にしなければいい。好きだと思うだけなら人形にはならないのだ。たとえ見た目でばっちりバレていようとも。本当はどれほど好きだと告げたいと思っていても。

「……」

響は花森の胸元に顔をうずめた。照れているのだと思った花森がギュウと抱きしめてくれる。体の熱は引いているのに花柄は消えない。抱きしめられ、甘やかされることが嬉しいからだと自分でわかっている。響はそっと唇を噛んで涙をこらえた。

(花森さんが好きだから……、好きだから、絶対に好きだとは言わない)

固くそう思った。ひどく胸が痛かった。


本日も英語の小テストで満点を取った。今日は単語テストではなく、穴埋めテストだ。花丸のついた用紙を返されて、やったと思って心の中で小さくガッツポーズを取った響と対照的に、サガミは手放しで大喜びをする。

「やったね、灰谷くんっ、すごいよ、本当にすごいっ。きみはやればできるのに、なぜ今までやらなかったの？　本当は勉強が好きなんだろう？」

眉を寄せて尋ねるサガミに、響は答えた。

「あの、家の手伝いが忙しかっただけです。実家は代々農家で、今は兼業なんですけど、祖父母も母もまだ田圃やってるんです。だから家のことは、俺と、妹がやらないとならなくて、それで予習復習も、宿題も、やる時間がなくて、繁農期は学校休むことも多かったから……」

「灰谷くんは次男？」

「いえ、三男です。二番目の兄はいい大学入れと言われていて、とても勉強を頑張って、両親の希望どおりに、どこだったかの省で働いているはずです」

「なるほど。二番目のお兄さんは安定収入用で、そして一番上のお兄さんは跡取り、いわゆる小皇帝の扱いなんだね」

サガミは苦笑をすると、励ますように響の肩を叩き、しみじみと言った。

「灰谷くんは、いろいろと環境がよくなかっただけだ。本当はとても聡明だよ。今までもったいないことをしたね、一番伸びる時期だったのに」

「はぁ……」

「でもこれから十分に挽回できるよ。勉強をしたいという気持ちを持っているし、なにより も大学を出たあとの目標をしっかり持っている。そういう子は強いからね」

「あ、大学……、目標……」

　響はそっと目を伏せた。今となってはそれを目標に据えていいのかすらわからなくなっている。花森のことが好きなのだと、たぶん恋愛という意味で好きなのだと自覚した今、夜毎《よごと》花森からあんなふうに愛されたら、近いうちに言ってしまいそうな気がするのだ。好きだ、と。

（……そしたら俺、人形になってしまうし……、花森さんの仕事を手伝うとか、できなくなる……）

　勉強は楽しい。知らないことを知るのが嬉しい。けれど、その必要はないのではないかと思ってしまうのだ。たちまちしょんぼりとした響を見た花森は、おや？　と思って励ますように言った。

「大丈夫だよ、響。自信を持ちなさい。サガミが誉めているのだから間違いはない。あと十年もしないで大学も出られるのではない？　そうしたら響は三十歳ちょっとだから、会社を任せても周りに舐められることもないでしょう」

「え……、会社……？」

「そう、会社。会社で働きたいのでしょう？　わたしは経営には携わっていないけれど、いくつか会社を持っているからね。その中から好きな会社を選んで、そこで働いてもいい」

「で、でも俺……」

「わたしとしては響のために、わたしが直接取り仕切っている業務をまとめて、会社組織にして、それを響に任せたいなと思っているんだけれど。どう？」

「な、なんで、そんなこと……」

響は狼狽した。好きと言えと迫ったくせに、人形になれと暗に言ったくせに、どうしてそんな未来のことを楽しそうに言うのか。響のために会社を立ち上げるなどと言うのか。響に未来を与えるつもりもないくせに。

花森は、喜ぶどころか苦しく、つらそうな表情を浮かべる響を見て、これまたいつもの自信のなさからくる弱気かな、と思った。家族から存在を軽視され、罵倒されて育ってきた響は、日陰で痩《や》せた土地にひょろりと生えたヒナゲシだ。日当たりと十分な養分を与えれば、鮮やかな花を咲かせるだろう。弱った花を保護したいという花神の本能も刺激されて、花森はソファを立つと、向き合うように響を膝に抱いて、勉強用の椅子に腰かけた。子供をなだめるようにキュウと抱きしめて、優しく言う。

「いつも言っているでしょう、わたしは響が大切なんだ。響が好きで、大事。だから響に会社で働くということをさせてあげたい」

「あの、なんで……」

「うん？　人間はねぇ、響。働かずにただただ楽しく日々を過ごすということが、つらい生きものだからだよ。一生遊んで暮らしたいという人間は多いけれど、現実にそんな暮らしを叶えてやると、まず駄目になるからねぇ」

「そう、なんですか……」

「そうだよ。タイプはいろいろあるけれど、最終的には廃人になるね。働くのもいい、ボランティアでも慈善事業でもいいから、ともかくも他人のためになにかしていないと、人間は腐る生きものだ。だから楽しく仕事ができるなら、それは生きていくうえでとても張り合いになると思うよ」

「は、はい……」

「それで、響はどんな仕事がしたいのかな？　わたしの仕事を手伝ってくれる？　それともやはり、ふつうの会社でふつうに働きたい？」

「でも、俺……」

　屈託なく響の未来について語る花森の言葉が、響の胸にキリッと刺さる。勉強をして、しっかりと知識を貯えて、花森の役に立つ……、そういう未来など、響に与えるつもりもないくせに。どうした？　と優しく花森に聞かれて、響は苛立ちと悲しみから、つい言ってしまった。

「いつか、働くとか……、無理です……」

「無理？　どうして。このまま勉強を頑張れば大学にだって進めるとも。なにが無理なの」

「だって……、花森さんは、俺のこと……、に、人形に、するつもりなんでしょう……？」

「ああ、響……」

花森は、なぜか困ったふうな表情をした。なぜここで花森がそんな顔をするのか理解できない。響がキュッと唇を噛んでうつむくと、花森はそっとその唇にふれた。

「唇を噛むんじゃないよ……」

「……」

「響が人形になりたいなら、その望みは叶えるけどねぇ。響はいやなのでしょう？」

「い、いやです、俺、人形になるのはいや……」

「それならこのままでいいでしょう。わたしは、響を人形にする、とは、一言も言っていないよ。わたしが言っているのは、響の望みはなんでも叶える、ということ。人間でいたいのなら、ずっとこのまま、それこそ一生、人間のままわたしのそばにいなさい」

「で、でも……」

たしかに人形にするとは言っていない。だが、好きだと告げたら、心を渡したら、人形にされてしまうのだ。なるもならないも響次第だが、響の心を甘く溶かし、好きだと言わせ、心を差しだすように仕向けているのは花森ではないか。ずっと人間のままでいいなんて、信じられない。

「そ、それなら、どうしてこの屋敷に、閉じこめておく、んですか……？」

「うん？」

泣きだす前兆のようなふるえる響の声を聞いて、今初めてそれに気がついたとでもいうように、花森は言った。

「ああ、もう閉じこめておく気はないよ。響は庭にいる時が本当に楽しそうだから、外へ行きたいとは思っていなかった。ごめんね、気がつかなくて」

「あ、い、いえ……」

「行きたいのはカラオケかな、ゲームセンターかな？　あとでお小遣いをあげよう。どこへ出かけてもいいけれど、外へ出る前には必ずわたしに言うようにね。黙って外へ出たらいけない。危ないからね」

「え……？」

「遊びに出たあとは、必ずここへ、わたしのそばへ、帰ってきてほしい。響をとても愛しているんだ、響がわたしから離れるなんて耐えられない。わたしからのお願いだ、ね？　必ずこの屋敷に帰ってきて？」

「あ……、あの、はい……」

熱っぽい目で切々と訴えた花森が、そのまま口づけをしてきた。花森の手が響の衣服をかきわけ下衣にもぐりこみ、響のそこを直接握ってきたので、頭が煮えるほど恥ずかしくなった。なにしろすぐ隣にはサガミがいるのだ。しかし花森にとってサガミは人形で、そこに置いてある「物」だ。構わずに響に愛撫をくわえ、花森の手に馴らされた響は、困惑しながらも快楽に流された。花森の膝に座った格好で、着衣のまま、なし崩しに花森に抱かれる。なんとか嬌声だけはこらえつつ、響は内心で大混乱した。必ず帰ってきて、そばにいて、だなんて、言葉だけを聞いたら一緒に暮らしている恋人同士のようだ。花森に犯され、たちまち全身に花柄を浮かべながらも、響の胸はギュッと痛んだ。

（本当に、恋人だったら……、どんなにいいだろう……）

気持ちのままに好きだと言えたら、どんなにいいだろう。百回でも二百回でも、心のままに好きだと言えたら、どんなにか幸せだろう。そんな想いがまた響の体に花を増やす。

「響、響……、可愛い響、おまえの花を見せてごらん」

「あ、やっ」

響に入れたまま立ち上がった花森が、響を机に横たわらせて、上衣をたくしあげた。下穿きは腿まで下ろしただけだから、ひどい格好だ。サガミにも、黙って控えているハルトにもすべてを見られて、さすがに羞恥といたたまれなさを覚えた響が、固く目をつむっていやいやと首を振る。けれど花森は感心したように息をこぼすと、言ったのだ。

「サガミもごらん、美しい花だろう」

「ええ、本当に。これが主人の花ですか。まるで灰谷くんの身内で生きているようですね」

「生きているよ。響が生きているのだから。でもまだ満開ではないねぇ。わたしの愛が不足しているのかな」

ふふ、と笑った花森がゆっくりと腰を使って響を追い詰めにかかる。どこが弱点なのかも、どうされると悦《い》いのかも、すべて花森に知られている響が、羞恥と快楽でさらに体の熱を上げる。耳からこめかみにかけて八重の花がふわりと咲いた。花森は嬉しそうにほほえんだ。

「ああ、もう少しで満開になる。響、可愛いね。好きだよ、響……」

「……っ」

「今度は目元にモモの花が散った……たまらない……なんて愛しいのだろうね……愛している、愛しているよ響……」

「ん、ん……っ」

唇を噛みしめていても、喉で甘く泣くことをこらえられない。言わないでほしい、と響は思う。好きとか、愛しているとか、言わないでほしい。言われると嬉しく思ってしまう。幸せだと感じてしまう。もっと言ってほしいという欲が生まれてしまう。花森に情を求めてしまう。自分も花森が好きだと……、好きだと好きだと、こんなにも好きだと口走りそうになってしまう。

「あ、も、やめてぇ……」

心を渡してしまいそうで怖くて響は懇願した。けれど花森はさらにじっくりと響を責め、とろとろに溶かしながら言うのだ。

「響、わたしの大切な花……五十年、百年経とうとも、わたしは響だけを愛し続けるよ……」

「あ、あ……、やめ、て……」

「だから響、わたしにも言ってほしい……、好きだと、一言でいいから。ね、響……」

「いや、い、や……あっ」

「お願いだ、響……、好きだと言ってほしい。わたしを安心させ、わたしを幸せにしてほしい。ねぇ響、一言でいいから……」

「いや……、いや、いや……っ」

「ああ、こちらの頬にはヒガンバナが咲いた。これで満開だ。響、頼むから……。愛しているまでは望まないよ、好きだの一言でいい。響、言ってほしい……」

「いや、い、や……あっあっ、あぁ……っ」

これ以上ねだらないでほしい、懇願しないでほしい、好きだから、好きだから、好きだから……！

（だ、め、言ってしまう……っ）

好きだと。愛しているのだと。言葉が喉元までせり上がってくる。なんとか逃げようと身をよじった響は、ハルトの嘲《あざけ》るような笑みを見てしまった。

言っておしまいなさい。そして人形になってしまえばいい。

そんな声が聞こえてきそうな表情だ。ハッとして心が冷えかかった瞬間、素直にならない響に焦れたらしい花森が、もう、という具合に容赦なく中の弱点を突きえぐった。

「ヒ、ヒッ、あっ、あーっ」

不意のことで、響は我慢ができなくて昇りつめた。氷のようなハルトの眼差しに突きさされたまま、響は花森の体に白いものを散らした。心と体が引き裂かれたような、悲しい絶頂だった。

(もう、駄目だ……)

そっと目を閉じ、体中に花を咲かせたまま、響は涙を落とした。

その夜も、花森に気を失うまで抱かれた。花森はセックスで肉体的な快楽を得ないようで、いつも響に花を咲かせては、それを見ることで快楽とは違う喜びを覚えているようだった。だから花森は最後の最後まで果てることはないし、響自身は花森言うところの満開になるまで、溶かされ泣かされてしまう。

「……」

ふと意識を取り戻した響は、花森の腕に包まれるようにして眠っていた自分に気づいた。

響が大事、という言葉のままに、眠っている時でさえ響を抱いていてくれる花森。

(好き、です……)

美貌を間近に見ながら響は心の中で告白した。本当に、好きだ。それこそ五十年、百年経っても花森のそばにいたいと思う。だからこそ、人形にされるのはいやだった。可愛い物としてひたすら可愛がられるだけの自分になるのはいやだった。

（俺は、本当に、あなたのために、自分でできることを、したいんです……あなたの役に、立ちたい……、あなたが好きだから、あなたを笑わせたり、喜ばせたり、したいんです……）

だから人形にはならない。一方的に可愛がられるだけの愛玩人形になる前に、花森が好きなのだとこらえきれずに言ってしまう前に……。

（逃げよう）

響は心を決めた。それで花森と出会った時の瀕死の自分に戻ってしまってもいい。そのまま息絶えても構わない。花森が好きだと思ったまま、死ねたらいい。

「……」

そうっとそうっと、慎重に肩に回されている花森の腕をどかした。今が何時だかわからないが、花森も寝ているのなら、ハルトも……人形たちも、箱にしまわれているはずだ。この屋敷から誰にも気づかれずに逃げるなら、今しかない。そっとベッドを下りると、足音も、どんな物音も立てないように気をつけて寝室を出た。全裸のまま逃げるわけにはいかないので、花森が起きてしまわないことを願いながら、人形の衣装部屋に入る。ずらりとハンガーにかけられた衣装の中から、ふつうの服を選んで身につけた。奥の院ともいえる花森の居住スペースから、屋敷表へと廊下を走る。響はぶるっと体をふるわせた。どこもかしこも綺麗に掃除され、手入れの行き届いた屋敷だが、人が暮らしているのだという気配がない。本当にここは神様と人形たちの家なのだと思った。

玄関にたどりつき、ゴロゴロゴロ、と重たい音を立てて引き戸を開く。外に出て、引き戸を閉めて、はあっ、と響は息をついた。

（これで、いい……、これで、いいんだ……）

何度も何度も自分に言い聞かせる。これでもう二度と花森に会うことはないだろう。そのつらさや悲しさよりも、花森を愛したいという気持ちを消され、感情のない人形になるほうが耐えられない。だから、これでいいんだと思う。

門についてみると、さすがに閂《かんぬき》がかけられていたが、横手の通用口は開いた。扉を少し押し開けて、響はほんの一瞬、屋敷を振り返った。

「……さよなら……すごく、すごく好きです、花森さん……」

最初で最後の告白はほんの小声だ。響は未練と恋情を断ち切るように身を翻し、通用口を出た。扉を閉めて振り返った響は、短い悲鳴をあげて立ちすくんだ。

「な、なに…っ、ど、して、これ……っ」

そこはまさに、根の荒野だった。白く細いものから小枝のようなもの、太くしっかりとしているものまで、根という根があたりを埋め尽くしている。どうして、と響は回らない頭で思った。ここは麻布のはずで、門を出たらさびれた細い道があるはずなのに……。

その根が、ざわり、と地中から先端を立ち上げた。異質なもの、異常なものを見つけたといったふうだ。

「ヒ、ヒッ」

足元の根にまとわりつかれそうになり、我に帰った響は恐慌を来して屋敷内へ逃げようとした。だが、振り返っても根の荒野が広がるばかりだった。門が、屋敷が、消えている。真っ暗な中、どこまでも根の海が広がるばかり。もうどこへも逃げられない。根がさらに伸び上がり、響の手に、足に絡みついた。

「あぁっ、いやだ、やだ……っ」

抵抗どころか身動きも取れなくなる。胴体にも、首にも根が絡みつき、響を覆っていく。そうしてズブズブと響を地中へ引きずりこんでいくのだ。あまりの恐怖で怖いという感情さえ失った響は、突如、ああそうか、と理解した。

(ここは、本当の意味で、花森さんの住む世界なんだ……)

神域なのだ。

響は思いだした。花森から、屋敷から出る時は必ず花森に言えと言われていたことを。黙って出ると危ないから、と。あれは、花森に「外」へ出ると言うことで、花森が屋敷の外を人間の世界につないでくれるということだったのだ。

すっかりと真っ暗な地中に引きこまれて、響は無意識に微笑した。呼吸は苦しくはない。

それでもここで自分は息絶えるのだろう。当然だと思った。これは神罰だ。神様に、花神に、本気で恋をした罰が下ったのだ。

（でも、これでよかったんだ……、これで、全部なかったことにできる……）

罰当たりな想いも、罰当たりな恋も。

ごめんなさい、と心の中で花森に謝り、響は気を失った——。

「…思いだした……、全部、全部思いだした……」

都心の高層マンションの一室、花であふれかえった寝室で、響は茫然と自分にのしかかっている美貌の男を見つめて呟いた。

「……気がついたら、雨の六本木に、立っていた……、真夜中で、財布もケータイも、持っていなくて……」

この美貌の男のことも、屋敷でのことも、なにもかも忘れて。

「花森、さん……」

目の前の美しい男……、花森の名を呼んだ。花森は、それこそ花が咲いたように綺麗で、嬉しそうな笑顔になった。

「響、やっと思いだしてくれたか……」

「ごめ、なさい、俺、なんでだか、全部忘れてて……っ」

「外へ出るとわたしに言わないからだよ。外にいた根たちはね、変なものが入ってくると、ああして捕らえて、養分にしてしまうんだよ。だから危ないと言ったでしょう」

「よ、養分……人間、を……?」

「分解すれば、窒素《ちっそ》やリン、カリウムが豊富に摂《と》れるからねぇ。少し響から吸い取ってみたら、わたしの花だとわかって、驚いて外に出したんだろうね。記憶がないというのは、無理やり外に出されたショックからだろう。六本木に出されたのだった?」

「は、はい……」

「屋敷に戻そうとしたんだろうけれど、キロ単位の細かい調節は、あれたちにはできないからね。許してほしい」

「あ、あの、はい、平気です、体はなんともなかったし……」

本当に、東京湾の底などに出されなくてよかったと思い、響はこくりと喉を上下させた。

花森はふふふと笑うと、響を胸に抱き包み、髪に頬ずりをしながら言った。

「本当に見つかってよかった……。とても心配していたんだよ」

「ごめんなさい、でも、あの……、俺のこと、怒って、ないんですか……?」

なにしろ逃げたのだ。怖いよりも申し訳なくて響が体を硬くすると、花森はさらに響を抱き寄せて答えた。

「怒っているよ。とても怒っている。いなくなったまま放っておくこともできないくらい怒っているし、なんとか探して響の無事を確認しなければ、狂ってしまうと思うくらい怒っているとも」

「あの……、ごめんなさい、本当に、本当にごめんなさい……っ」

花森の怒っているは、心配したと同じ意味だ。こんなにどころか、心配をしてもらったことが初めてで、響は嬉しくて涙ぐんでしまった。実の親でさえ、家出をした響を探そうとはしていないのに。

（それくらい、本気で俺のこと、大事だって、好きだ……って、思ってくれているんだ……）

幸せすぎて苦しいくらいだ。けれど、これほどの花森の気持ちに自分は応えることはできない。花森のことが好きだから、花森の希望……人形になることはできない。

響はすんと鼻をすすり、花森に言った。

「ごめんなさい……こんなに心配してもらって、本当に嬉しいです、でも、俺……、花森さんと一緒にいても、また、逃げると思います……」

「外遊びに出かけたと思っていたのに、逃げたの？」

花森は苦笑をすると、響の肩を優しく撫でながら言った。

「仕方のない子だねぇ。見つけるのにどれほどかかったと思っているの？　匂いはするのに姿が見つからないし……」

「に、匂い……」

「キンモクセイでたとえればわかる？　香りはするのに木が見つからない。ああいう感じだよ」

「え、離れていても、そんなに、匂うんですか……っ」

「響……、わたしは花神だよ。自分の花の香りくらい、響がどこにいたってわかるさ」

「そうなんですか……っ」

「だから、逃げても無駄だね。言い換えれば、逃げられない」

「あ……、はい……」

クスクスと花森は笑うが、響はもちろん驚いた。キンモクセイのたとえはとてもわかりやすいが、それはご近所のことだ。花森にとってのご近所は都内全域、あるいはもっと広いかもしれないのだ。今さら神様の嗅覚《きゅうかく》に驚愕した響は、そういえば、と思いだした。

「俺、西條さんにも、花の匂いがするって、言われてました……、ふつうの人にもわかるくらい、その、匂い？　がしてるんですか……」

「三光会の西條だったね。あの男はよくしてくれた？」

「あの、西條さんのこと、知ってるんですか……？」

「あの男の上司と親しいんだよ」

「そ、そうなんですか……」

西條の上司といえば、ヤクザの親分だ。そんな人間と親しいなんて、と驚いたが、ハルトが以前、花森は各界のリーダーと仕事をしていると言っていたことを思いだして、ヤクザ稼業も各界のうちに入るんだろうと納得をした。

「はい、西條さんは俺のこと、大事、に、してくれました、桑島さんからも、本当に守ろうとしてくれて……」

「うん？　響の二度目の大怪我も、桑島のせいなの？」

「ええと、そう、なります……」

答えて響は溜め息をこぼした。手に入らないのなら壊してしまえという桑島の執着が、今さらながら恐ろしいと思った。花森は、ふぅん、と軽く答えると、響の額に軽く唇を押しあてて、言った。

「響はわたしの花だ。特別な花なんだよ。嗅ぎ分けられる人間には、響の香りがわかる。わかれば、どう扱うべきかもわかるだろう」

「あ、はぁ……」

「西條には礼を、桑島には苦情を、あとでわたしから言っておくよ。響はなんにも心配しなくていい」

「あの、はい……」

「とにかく、こうして帰ってきてくれてよかった。こんなことになるなら、蝶を放すのではなかったよ」

「あ……」

そう言われて初めて、鎖骨の間につけられた蝶の痣《あざ》が消えていることに気づいた。鏡を見る習慣などないので、いつから消えていたのかもわからない。花森は溜め息をこぼして言った。

「蝶さえいれば、響があんな目に遭う前に拾いにいけたのにねぇ。もう一度つけておこうか」

「え……」

「またわたしから逃げる予定なのだろう？」

「あの、いえ、あの……」

「外遊びもいいけれどね。もうあまり無茶はしないでほしいねぇ。わたしでも、瀕死の人間を元に戻すのは大変なんだよ？」

「あ……、はい、はいっ、ごめんなさい、治してくれて、ありがとうございました……っ」

あの大怪我を手当てしてもらって、礼を言うのが今さらとは、とんだ非礼だ。響は顔を真っ赤にして尋ねた。

「あの、それで、俺、どれくらい入院してたんですか……？　今日は何日ですか？」

「今日？　十二日だね。八月の十二日」

「え…っ」

響は驚愕して目を見開いた。

「十二日？　俺が暴行されてから、一日しか経っていないんですか？」

「そう。響の怪我がひどくてねぇ、治すのに一日もかかってしまった」

「い、一日で…っ。や、やっぱり、神様って、すごいんですね……、に、人間の怪我も、治せるなんて……」

「神様がすごいということではないよ。どうも人間から神様は万能だと思われているけれど、そうではない」

花森は微苦笑をすると、目を丸くしたままの響の唇を愛撫しながら言った。

「人間にも医師や弁護士といった専門職があるでしょう。医師だって、外科と内科ではできること、やれることが違う。わたしたちも同じなんだよ。わたしは花神だから、花の面倒しか見られない」

「花……」

ドキリとして、響はとっさに自分の腕を見た。体の花柄は消えている。けれど花森に抱かれ、とろとろに溶かされると全身に花が浮かぶのだ。まさか、と響は愕然とした。花というのは比喩《ひゆ》ではなく、本当に自分が、花……植物、という意味なのか?

あまりに現実離れしているが、目の前の花森自身が現実離れの象徴のようなものだから、響は非常にうろたえた。自分でもわけがわからないまま、腕と花森を交互に見ていると、ふふ、と幸せそうに笑って花森が言った。

「そう、響は花だよ。わたしの花」

「な、なに……、どういう、こと……」

「人間は大怪我をして、出血も激しい時は、輸血をするでしょう。花も同じ。大怪我をした時は花の精気が必要なんだよ。だから響を治すために、わたしがこの世に現われてから初めてというくらい、たくさんの花を創ってしまった」

「え、あ……っ」

なんのことを言っているのか理解した響は、ハッとして室内を見回した。花卉《かき》市場かと思うほど部屋中に花があるのも、毛布代わりに自分に大量の花がかけてあったのも、つまりはそれらの花の精気を貰っていたというわけだ。信じられないと思うが、現実に自分の体は元に戻っている。あまりのことに響は軽いめまいを覚えながら花森に言った。

「お、俺、本当に、植物に、なってしまった、んですか……」

「……うん？」

「だ、だって、に、人形にするって、言われてるけど、は、は、花にするなんて、言われてない、から……っ」

「響は本当に素直だねぇ」

花森は声を立てて笑い、青ざめている響の頬を指先で撫でた。

「響はどこからどう見ても、どこを嚙んでも舐めても人間でしょう。でもわたしにとっては花。わたしだけの花」

「え……、え？　俺、人間？　だけど、花森さんには、花……？」

「そう。だから花々の精気を響に与えることで、怪我も治せたんだよ。響は特別なんだよ。愛しい響、わたしの花」

「……花、の、精気……」

ぼんやりと呟いた響は、ふと、とんでもないことに思い至って、おや、と花森が思うほど顔を赤くした。

（お、俺、暴行されて、花森さんに助けられた、時……）

車の中で、瀕死の体をいきなり犯されたのだ。花の精気とやらで響の体が治るというなら、花森が響の中に出したであろう、ほのかに甘いあれは……！

（か、か、神様純正のっ、の、の、濃厚花の精力なんだ……っ）

花森にとって響が花なら、花森の出すあれは、響にとって本当に活力剤なのだ。なんか、すごい、卑猥だ、とますます顔を赤らめた響は、はたと、花森の屋敷から逃げたあとの自分の変化は、それが原因なのかと思った。

「あの、俺……」

「うん？」

「あの、西條さん、とか……ほかにも、その、何人かと、ね、寝たんですけど……」

「……六人ね。どこの誰？　さすがにわたしもそれはわからなかったから」

「あの……、俺も、わ、わかりません……」

「わからない……？」

花森の口元はほほえんでいるのに目が怖い。ごく、と唾を飲みこんで、正直に響は答えた。

「あの俺、六本木に出されてから、お金も、住むところも、なかったので……、あの、ごはんと、寝る場所が欲しくて、それで……」

「ああ……、行きずりの男を利用したの？　仕方がないねぇ。これからはそういうおいたをしてはいけないよ？」

「はい……、ごめんなさい……」

花森の口調は優しいし、ガツンと怒られたわけではないが、なんとなく花森から怒りの炎がメラッと立ち上ったような気がして、響は体を小さくした。

「それで、あの、俺……西條さん、とかに……、淫乱、だって、言われるくらい、あの、ねだってしまったんです、けど……」

「そうだろうねぇ。外に出た響を見つけるまで、二ヵ月近くかかったから。その間わたしに抱かれていなかったんだから、体が渇いていたんだろう。どれほど西條に抱かれても、物足りなかっただろう？」

「や、や、やっぱり、それって、俺が花、だからっ、花森さんの、あの、その、養分がっ、欲しかったからなん、ですね……っ」

自分で言っておいて、響は全身を赤くした。アレが養分だとか、どんなふうに注入してもらうのかとか、どれをとっても恥ずかしいことこの上ない。ククク、と花森に笑われて、さらにパニックを起こした響は、心に浮かんだ不安をストレートに尋ねてしまった。

「じゃ、じゃあ俺……、花森さんに、抱いてもらえなくなったら、栄養不足で、か、枯れる、ていうか、死ぬんですか……?」

「養分とか、栄養とか。響は本当に面白いことを言う子だよねぇ」

今度は花森は声を立てて笑った。

「響は人間なのでしょう? ふつうに人間の食事をとっていれば死ぬわけがない」

「え、でも……」

「そう、でもわたしの花だからね。花神であるわたしとあれほど交歓して、花としての悦びを知ってしまったのだから。もう人間とのセックスでは満足できないだろうね」

「あ……、コウカン、ですか……」

国語の知識もまだまだ足りない響だから、コウカンと言われると交換という言葉が思い浮かんでしまうが、それは違うということはわかる。いつもどんなふうに花森に抱かれているか、どんな気持ちで花森に抱かれているかを思い起して、コウカンとは、たぶん、きっと、愛情を与え合うということだろうと思った。

(……それならやっぱり、アレは、俺の心の養分だ……)

花森に中に出してもらった時の満たされた感じ、幸福感。花森の時だけそれを感じるということは、花森のことが本当に好きなのだということだが、それはつまり……。

(花森さんのアレだけ、気持ちいい、てことは……、やっぱり、きゅ、吸収、してる、んだよな、花森さんの、アレ……）

だから人間の精液をいくらぶちこまれても満足できなかったのだろう。でもそれだと自分は本当に植物ということになってしまう。これはいったい、どういうことなんだ、と、響は花森の腕の中でさらに混乱した。

花森は、なにやら生真面目な表情で考えこんでいる響を見下ろして、可愛いね、とほほえむと、軽いキスで響の注意を自分に向けた。

「本当に響は綺麗な顔をしていてねぇ。手足の長さも本当に人形向きで。初めて見た時は、人形にして、着飾らせて可愛がりたいと思ったよ」

「あ……、はい……」

「誰かにさんざん暴行されたあとでね……」

助けて、と響から言われたから、自分の物になるなら助けると言った。それでいいと響が泣きながら約束したから、拾った。

「いざ拾って、洗ったり修理をして世話をしてみたら、夜の街で働いていたとは思えないほど擦れていなかったね。純朴だった」

人怖《ひとお》じをするというよりも、人とコミュニケーションがうまく取れず、それを自分でわかっていなかった。人に無関心なのではなく、自分に無関心だった。なにをされても言われても、いやだもいいもなく、ただ、はいはいと従うばかり。

「本当に。タンポポの綿毛のようだったねぇ。駆け引きや欲得ばかりの夜の街の人間たちに、流されてばかりで。頼りなくて。けれどそこがまた、華やかさに染まれない純真さの表れのようで、可愛いと思ったよ」

「いえ、俺、そんないいものじゃ、ないです、田舎の、農家育ちだから、垢抜《あかぬ》けてなくて……」

「ああ。生まれ育ちは関係ないでしょう。どんな毒のある家で、どんな毒親に育てられても、それに染まるか染まらないかは、本人の資質の問題。ね？」

「そう、でしょうか……」

「現に響は、なにからなにまで長男と差別されて育ってきたのに、損得でものを考えないでしょう。わたしがお金でも物でも、なんでも欲しいものをあげると言っても、いらない、欲しいものはないと言って、少しも釣られてくれなかったしねぇ」

「は、はぁ……」

「贅沢もしたくないと言われて、さてどうしたらわたしに夢中になるかと悩んでいたら、やっと言ったおねだりが、勉強がしたい、だもの」

「す、すみませ、ん……」

「うん？　なぜ謝るの？　わたしは嬉しかったのに」

「え……」

ハルトやサガミのように、装飾品をねだって着飾ってほしかったんじゃないのか？　驚いて花森の目を見つめると、花森はうふふと幸せそうにほほえんで言った。

「勉強をしてどうするのかと思っていたら、わたしの役に立ちたいなどと言うのだもの」

「あ……」

「わたしのために勉強をして、わたしのために知識を貯えて、わたしのために資格を取って、そうしてわたしの仕事を手伝いたいと。わたしの役に立ちたいと。そう言われたらね、蕾《つぼみ》が膨らんだような気分になったんだよ」

「蕾が膨らむ……気分って、どういう……、あの、いい気分ですか……？」

自分の言ったことで不快にさせていたら申し訳ないと思って尋ねた響に、花森はまた幸せそうにほほえんでうなずいた。

「とてもいい気分だよ。そうだねぇ……、嬉しさとくすぐったさ、それから期待で胸が弾む気持ち。わかるかな？」

「あ、はい」

そう言ってもらえればわかる。蕾が膨らむ気分なんて、いかにも花神らしいたとえだなぁと思った響がにこっと笑う。その笑顔にキュンとした花森が、ギュウと響を抱きしめて言った。

「そんな気持ちで響を可愛がっていたら、響に花が咲き始めた。驚いたよ、生まれて初めてのわたしの花だもの」

「生まれて初めて……、あの、花森さんは、な、何歳……」

「さあ、何百万歳になるんだろうねぇ？　数えていないからわからない、ごめんね、せっかくの響の質問なのに」

「いえっ、いえ……っ」

　ちょっとクラッとした響に構わず、花森は浮き浮きと続けた。

「その花を見て、やっと、わたしは響が好きなのだと理解したんだよ。もうねぇ、むやみに可愛いし、なんだろうこれはと思っていたら、愛しかったんだねぇ。愛していたんだよ、驚いたことに」

「お、驚いたって、え、あの、ほ、本気だった、んですか……？　俺を人形にしようと思って、言ってたんじゃ……あの、リップサービスというのじゃ、なかった……？」

「だからわたしも驚いたんだよ。ハルトもサガミも、今でも十分に可愛がっているけれど、彼らには花は咲かなった。可愛いと思っただけでは、人形として愛でたいと思っただけでは、花は咲かないんだよ」

「え……？」

　花森は体を返し、とまどう響を組み敷いた。ぼんやりと開いた響の唇に唇を重ね、たっぷりとキスをする。舌を吸われ、舐められただけで、ふわりと首筋にスイフヨウを咲かせた響を見て、花森はうっとりとほほえんだ。

「可愛い響……。いつも響に言っていたでしょう、響の望みはなんでも叶えると。響を喜ばせたくて、夢があるなら応援したいと思ったよ。未来に希望があるのなら、それを叶えてやりたいとも思った。響の夢見る将来を、わたしも一緒に考えていきたいとね」

「花森、さん……」

「人間で言えば愛情というものを、初めて持った。響にね。その気持ちが、響に花を咲かせたんだ。わたしは花神だ。はっきりと言ってしまえば、花しか愛せない。響に花が咲いたのなら、わたしが響に注ぐ想いは愛ということにしかならない。響の体に咲く数多《あまた》の花……、それを見たら、もうごまかせないだろう」

「あ……」

花しか愛せない花神の愛は、花となって現われる……。理解した響は、自分の全身に浮かぶ花々を思い浮かべ、ごまかしも嘘もきかない花森の愛に覆われていたのだと悟った。

嬉しすぎて涙ぐみながら、響はそれでも確認せずにはいられなくて、言った。

「ほ、本当に、俺のこと、好きですか……？　人形と持ち主、ていう関係じゃ、なくて……、こ、恋人、として、俺のこと、好きなんですか……？　は、花森さんに、好きだって、言っても……、に、人形に、ならない……？」

「わたしは人間ではないからねぇ、恋人というものがどんなものか、わからない。なにしろ響がわたしにとっての初めての花だろう？　わたしのことより響のことを大事にしたいと思う気持ちが恋というなら、まあ、恋なんだろう。だから恋人で合っているのかな？」

「それ……、は、初恋、ですか……？　何百万歳なのに……？」

なんという奥手、と、響は神様相手に不遜なことを思って、驚き呆れた。けれど自分だって花森が初恋だ。花森は神様だから仕方ないけれど、人間の自分だって恋がなにかなど知らなかった。ずっと無意味、無価値な存在と言われ続け、自分でもそうだと思いこんでいた。けれど花森に拾われ、花森と過ごすうちに、花森の役に立ちたい、こんな自分でも努力をすればなにかできるんじゃないかと思えるようになった。将来に希望を持つこと、本当の意味で、生きるということを教えてくれたのは花森だ。

（好きになって当たり前……、恋をして、当たり前だ……）

響はそっと花森の頬を両手で包んだ。ふれたくてたまらなくなった。花森はふと顔を傾けて響の手の平にキスを落とすと、神様らしいというべきか、らしくないというべきか、威力満点の流し目で響にねだった。

「そろそろ言ってくれてもいいのじゃない？　わたしのことを、好きだと」

「あの……、本当に、言っても……、人形に、なりませんか……？」

「何回言わせるの。人形になるもならないも響次第だよ。響の望みはすべて叶えると言っているだろう？　ハルトやサガミや、ほかの人形たちにも、わたしは同じことを言ってきた。

望みはすべて叶えるとね」

「……はい……」

「わたしはすべて叶えたよ。誂《あつら》えの衣服、誂えの時計、誂えの車。変わったところでは、貴族になりたいとか、アイドルになりたいというのもあったねぇ」

「貴族……」

唖然《あぜん》とした響に、ふふ、と笑って花森は答えた。

「まあ、二百年ほど前の話だよ。もちろんその望みも叶えた。すべてお金で買えるものばかりだからね。彼らは自分の欲望を存分に満たしてくれるわたしに夢中になった。わたしの、財力に」

「あ……」

「彼らはわたしの財力に溺れ、わたしの財力を愛し、今が最高に幸せだと言った。ずっとこのままでいたいと。なんでも望みを叶えてもらえる、今のままでいたいとね。だから、叶えた」

「……そ、だったんです、か……」

やっと響はすべてを理解した。響だけではない。ハルトもサガミも、花森は最初から人形にするつもりはなかったのだ。ただ花森は、望みは叶えると言っていただけ。彼らこそが、人形になることを望んだのだ。ひたすらに欲望を満たしたい、あれもこれも欲しい、ただそれだけで幸せ——ただ可愛がられ、甘やかされることが幸せだと。人形になることが、幸せだと。

悲しい、と響は思った。自分ごときがそんなふうに思うのは生意気にすぎるとわかっているが、それでもやはり、哀れだと思った。

響？　と優しく呼ばれ、響はじっと花森を見つめた。

（人形になるもならないも、俺次第……）

花森の言葉を繰り返し頭の中で呟き、それならきっと大丈夫、と思った。花森のことが好きで、好きだから好きと言えずに花森のもとから逃げだした自分なら、それくらい花森のことが好きなら、きっと大丈夫だ。

「…花森さん」

「うん？」

「好きです……、すごく、すごく、好きです」

「……」

幼稚な言葉ながらも、真っすぐに心からの気持ちを伝えた。花森はこれまでで最上等に幸せそうな笑みを浮かべてくれる。それを見て、嬉しい、と思った響の体に、ふわり、ふわりと花が浮かんだ。自分の腕を見てそれを知った響は、自分も花森も、愛がダダ漏れていると思った。おかしくて、幸せで、花森の頰を両手で包むと、自分から口づけた。

「…欲しくなった?」

唇を離した花森が、色気のある甘い声で囁いてくる。する、と頬を撫でられてじわりと体にうずきを覚えたが、響は頬を染めて小さく首を振った。

「今は、花としての養分より……、人間の、養分が欲しいです」

「たしかにね。人間には食事が必要だものねぇ」

花森は声を立てて笑った。響が人間だと、それでいいと、肯定するような楽しそうな笑い声だった。


風呂に入ってきちんと服を身につけ、好きなものを頼みなさいという花森の言葉で、出前を取った。花であふれた寝室ではなく、モデルルームのようなダイニングでカツ丼を頬張りながら、響は甲斐甲斐しく給仕をしてくれる花森にとまどった。

「あの、ここ、マンションみたいですけど、あっちのお屋敷みたいに、給仕の人はいないんですか……?」

「いないよ。ここは一番町《いちばんちょう》にあるマンションだ。響の怪我がひどかったから、歌舞伎町から一番近いここに運んだ」

「あ、そうだったんですか……」

「ふだんは使っていないから、使用人は置いていない。ここが気に入った? こちらで暮らす？　こちらなら、好きに外へ出られるしね。響がこちらで暮らしたいのなら、必要な人形を置くけれど」

「え、あの、いえ……」

「それともべつのマンションがいい？　一戸建もあるよ？　おおよそ関東圏がわたしのものだから、どこでも好きなところで暮らせるよ」

「花森さんの、もの……？」

「そう。わたしが好きにできる、まあ神域だね」

「えっ」

響はめったに食べられないご馳走のカツを、箸から落としそうになるほど驚いた。

「し、神域って、あの、根の荒野ですよね？　だけどお屋敷も、ここも、人間の世界にあります。ハルトさんが手紙は麻布に着くって言ってました…っ」

「もちろん麻布にも、屋敷はあるよ」

「ですよね？　サガミ先生に東京の地図を見せてもらったんですけど、麻布って東京の真ん中でした、すごい都会です、そんなところにお屋敷があって、それでこの一番町がどのへんなのかわからないけど、都心だってことはわかります、そ、そういう都心だけじゃなくて、関東中に家があるなんて……、神様って、みなさん、そんなにお金持ちなんですか……!?」

「さあ、ほかの神様がお金持ちなのかどうか知らないけれど、わたしは地主だからねぇ。地代の代わりにマンションの一室や戸建てをもらうくらい、どうということではないでしょう？」

「……地主……？」

「そう。人間が地鎮祭で鎮めているのは、わたしだよ」

「……えええっ」

今度こそ、カツを落とした。

「は、花森さんはっ、花の神様だけじゃなくてっ、氏神様でも、あったんですか……っ」

「氏神も、わたしの借地人になるのかな？　わたしは、この世に人が現われるずっと前から、このあたりの花神をやっているからねぇ」

「あ……、あ、そうですよね……っ」

なにしろ花森は何百万歳だ。人類など誕生してもいなかった頃からここにいるのだ。氏神はその土地に住む人々の守護神だから、人がいなければ氏神もいない。順番として、花森の土地に人が住み、氏神が住む、ということになるだろう。うわぁ、と響が感動して花森を見つめていると、ふふ、といたずらそうに笑って花森が言った。

「麻布だろうが六本木だろうが、わたしの土地に、わたしに断りもなく建物を建てたら、下から持ち上げて倒してしまうからね。みなわたしを畏れて、今でもちゃんと地鎮祭をするのだよ」

「も、持ち上げて、倒す、んですか……?」

「そう。下から少し木を生やして、土台ごと」

「ああ、わかりますっ、アスファルトも破るド根性大根ですねっ、あれのものすごい強力版っ」

響の想像力ではド根性大根といったレベルのことしか思い浮かばないが、考えの方向性は間違っていない。実際のところは、わたしに黙ってこういうことをしては駄目、と、うふふと笑う花森が自ら操る、竜のように自在に動く巨大な根が、ヒョイと建造物を持ち上げるのだ。

花森は、たくさんの大根がビルの基礎を持ち上げているところを想像しているのだろう響を見て、可愛いなと思ってクスクス笑いながら説明した。

「昔はね、収穫した米や野菜を奉納してくれたものだよ。わたしの土地から得た恵みだから、わたしに感謝をして、捧げてくれた」

「あ、はい、収穫祭ですね」

「そう。でも人が増えて、田や畑が家やビルに取って代ったでしょう。作物を作らなくなったわけだね。だから人々は収穫した作物の代わりに、地代を納めるようになったんだよ。わたしの土地に建てたビルやマンションでお金を収穫したと考えるなら、収穫したお金をわたしに奉納するのが当たり前だものねぇ」

「地主って、そういうことだったんですね……。あの、関東全域から、地代を、貰っているんですか……？」

「ふつうの住人からは直接貰わないさ。回り回って税金として払っているとは思うけれど。もちろん霞《かすみ》が関《せき》あたりからも地代はもらっているよ」

「……」

響は唖然としてしまった。あそこも花森の土地なのだから、それはそうだろうとは思ったが、それなら日本一広いあの家の地代も貰っているのだろうかと考えて、あ、あそこは自分たちで新嘗祭《にいなめさい》をやっているんだと納得した。ふふっと笑った花森は、響の口端にくっついている綴《と》じた卵を取ってやりながら、言った。

「だからわたしはお金に困らない。欲しいものがあればなんでも買ってあげるよ？」

「あの、いえ、欲しいものは、ないので……っ」

「本当？　この間サガミから、響には読書と映画鑑賞が必要だと聞いたよ。小学高学年向けあたりの本からと言われてもいるけれど、あいにくうちの書庫には児童書はない。買わないといけないでしょう？」

「あ、そうか……。それなら、あの、本を、買ってください……」

「いいとも」

花森はうふふと笑った。相変わらず響は勉強に必要なものしか欲しがらない。その勉強は、花森のためだ。お金があろうとなかろうと、神様であろうとなかろうと、響が自分に見せる態度は変わらない。本当にいい子、これこそわたしの花だ、と思い、花森は幸せそうにほほえんだ。

「ところで、響が本当にわたしの仕事を手伝いたいと思ってくれるのなら、そちらのほうを任せようかなと思っているんだけれど、どう？」

「え、そちらのほう……？」

「ビルや飲食店などの店を経営するより、わたしの仕事を手伝うほうが、いろいろと安全だからね」

「花森さんの仕事……ええと、不動産業、ということですか？　あの、地代を徴収する仕事……？」

「まあ、そんなような感じかねぇ」

「は、はいっ」

ひどく曖昧な花森の説明だが、響は不動産業だと思いこんで、笑顔で勢いよくうなずいた。

「そ、それなら資格がいりますねっ、俺、頑張って取りますっ。あと、いつもの勉強も頑張りますっ」

「そうだね。期待しているよ」

「は、はい……っ」

響は嬉しさで頬を赤くして答えた。誰かから期待されるのも生まれて初めてで、その初めては、やはり花森がくれたのだ。本当に花森が好き、花森のためならどんなことだってやる、と響は思った。そんな響が可愛くて、花森は赤い頬をプニとつまんだ。

「本当にもう、なんだろうねぇ、響は。こんなに可愛くて」

「い、いえ、あの……」

「おや」

花森はハハハと笑った。つまんだ頬に、ぽう、とナデシコの花が咲いたのだ。

◆5

八年後――。

あと数ヵ月で響も三十路に突入する。

「ああ、いけない、間に合わない、間に合わない」

壁の時計を見上げて、正午を三十分過ぎていることを確認すると、響は慌ててデスクを立った。室内でも十分に育つ観葉植物が、センスよくたくさん飾られている室内は、まるでオシャレなグリーンショップのようだが、ここは社長室だ。そして響はここ、『灰谷リアルマネジメント』という、どうも胡散臭《うさんくさ》い会社の社長に就いている。その名のとおり、不動産管理専門の会社だ。

とはいってもこの会社で管理しているのは、都心の超高級マンション二棟だけ。それも花森が盲愛からの無茶ぶりを発揮して、管理をこの会社に一任するなら、マンション開発も許してあげる、と、天空ほどからの超上から目線でディベロッパーに命じて手に入れた仕事だ。当然、可愛い響の望みを叶えるためだ。

響が花森の元に戻り、記憶を取り戻したあの日、響は思いきってお願いをしてみた。

「あの……、一つ、お願いが、あるんですけど……」

「言ってごらん。貴重な響のお願いだ、なんでも聞くよ」

花森は、見た目は三十そこそこだが、中身はさすがに何百万歳とでもいうような好々爺《こうこうや》といった笑みを浮かべてうなずいた。貴重って、と響も恥ずかしそうな笑みを浮かべて、言った。

「どこかで、アルバイトさせてください。あの、もちろん夜のお店じゃなくて、コンビニとか……」

「アルバイト？　どうして？」

「俺、今、住所不定になっているんです……。このまま花森さんと暮らしてると、行方不明者になって、保険証とか、貰えなくなるので……」

「保険証？　響の病気も怪我も、わたしが治すから心配はいらないよ？」

「あの、そういうことじゃなくて」

たしかに花森といれば保険証もいらないし、老後の……年金の心配もいらない。けれど響は人間だし、あらゆる社会保障から外れること、「この世にいない人」になることが怖いのだ。

「だから、住所と所得のある、ふつうの人としても暮らしていきたいんです。バイト、してもいいですか……？」

「もちろん、響の願いはなんでも叶えるよ。給料を貰ったという証明があればいいんだね？

ではそのようにさせるよ」

「え……、あの……？」

「住所はどうする？　麻布の屋敷で暮らす？　それともマンションがいい？」

「あの……、できれば、マンションに、住みたいです……」

屋敷の広い庭を散策できなくなるのは悲しいが、生きているように動く人形に囲まれて暮らすというのは、人形たちには申し訳ないが、正直に言って気持ちが悪いのだ。そういう理由を聞かれたら困るなと思っていたが、花森は察したのか、簡単に、いいとも、と答えた。

「どこでも好きなマンションで暮らすといい。すぐにリストを持ってこさせるから」

「あのいえっ、こ、ここでっ、ここでいいですっ」

「そう？　……うん、まぁここなら、千鳥《ちどり》が淵《ふち》の桜並木も、北の丸公園も近いしね、そんなに響が息苦しくなることもないだろう。料理人と掃除夫をこちらへ通わせようね。ずっといるわけではないし、それなら大丈夫だろう？　もちろん、わたしもこちらに通う」

「あ、は、はい……、お願いします……」

実家に比べればこのマンションも狭いし、食事だって実家の家族全員の分を用意していた響だから、掃除も料理もまったく問題はないけれど、麻布の屋敷を出たい、というわがままを聞いてもらったばかりなので、さらなるわがまま……全部自分でやります、ということは言えなかった。

そうして弱冠二十一の分際で一番町の超高級マンションに住み、花森の持っている会社から源泉票だけを発行してもらうという不正をして、人間として社会生活に組みこんでもらった。

その後、二十四歳で大学に入学し、花森の仕事は不動産業だと思いこんでいたから、在学中に宅建と簿記二級を取得した。就活が始まった時に、なんとなく、卒業後の会社はどうしよう、と花森に相談した時には、花森はすでに手を打っていたのだ。

「響の名前で、二つばかりマンションを買っておいたよ。オーナーは響にしておくから、完成後は響は大家さんだ。よい仕事でしょう?」

「お、お、大家さんて…っ」

「けれど響は外へ出て働いていることにしたいのでしょう?　だからちゃんと、働く場所も作ったよ。マンションの管理会社という名目だ。大家が管理を兼ねている、ということだね」

「で、でもっ、都心の億ションのような物件はっ、大手のディベロッパーが開発から管理まで一手にやるはずですっ」

「問題はない。わたしが買うと言えば、どんなディベロッパーだろうが二つ返事で売ってくれるんだよ。管理もしたいと言えば、同様にね」

「だってっ、俺の名前で買ったってっ、資金の出所とか、あるでしょう!?　ただのバイトの大学生なのに、そんなお金があるわけないしっ、審査とかっ、査察とかっ」

「そんなもの」

花森はふっと悪い笑みを浮かべて答えた。

「わたしは霞が関の地主だよ。ある日いきなり庁舎が倒壊したら、困るのは向こうでしょう」

「……」

なんという横暴、と響は口を開けて呆れてしまった。あるゆる書類について虚偽満載でも、役所側はそれを指導修正も告訴も、何一つできないのだ。花森が怖くて。響は内心で、きっとこういうのは花神案件と呼ばれていて、こっそりとブラックボックス行きになっているんだろうと思い、神様ってこんなにも傍若無人なんだなと思い、慄然とした。

そういうわけで響は大学卒業後、マンション二棟のオーナー兼、管理会社の社長として働いているのだ。

「間に合わない、間に合わない……っ」

社長室を飛びだした響は、下の事務所に直接通じている階段をパタパタ下りて、正真正銘の人間が働いている事務所の事務員にお願いをした。

「小出《こいで》さん、すみませんがハルトさんに連絡をして、お茶漬けを用意しておいてくださいと伝えてくれますか」

「はい、本社のハルトさんですね？　社長、お昼を食べ忘れたんですか」

「ええ、気がついたらこんな時間でっ。本社で総会なんです、遅れたら大変なのでっ、お願いしますっ」

響は小走りしながらそう言って、事務所を出た。

『灰谷リアルマネジメント』は明治神宮の裏手に建てた自社ビルに入っている。当然、響可愛さで花森が選んだ場所で、理由は明治神宮まで歩いてすぐだから、自然大好きな響がくつろげるだろうというものだ。地価の馬鹿高い都心部で、贅沢にも三階しかない。一階には響や従業員の休憩のために、外部からカフェを誘致してある。二階が実際に管理業務を行なう事務所、三階は丸々響の部屋になっている。社長室とは名ばかりで、もちろんグリーンショップのような執務室はあるが、そのほかには寝室だのキッチンだのダイニングだの、2LDKのマンションそのものという作りになっている。もちろんこれも、花森の盲愛のなせるありがた迷惑な業だ。

エレベーターに駆けこんだ響自身も、誂えの上品なスーツに身を包んでいる。従業員から、喋ると可愛いと言われる響だが、妖艶な美貌の持ち主だから、ピシリとスーツを着て黙っていると迫力がある。押し出しが強そうとかそういう迫力ではなく、取りこまれてしまいそうな恐怖を覚える迫力だ。

響は階数ボタンの地下二階を押した。あっという間に地下に到着し、扉が開くとそこはすでに本社……花森の屋敷の廊下になっている。事務所から花森の屋敷まで電車で二十分の距離があるが、神域は人間界の距離など無視をする。もちろん響以外の誰かが地下二階で降りたら、そこは倉庫になっているという具合だ。

「お帰りなさい、奥様」

廊下で待ち構えていたのはハルトだ。

「お茶漬けと言われましたけど、歩きながら食べるならこちらのほうがいいと思って」

「あ、海苔《のりま》巻きっ。ありがとうございます、食べやすいです」

「さ、急いでください、皆さん、もう揃ってますよ」

「あー、いけない、いけないっ」

響は海苔巻きの載った皿を手に、ハルトの先導で急ぎ足で廊下を歩いた。ポイと海苔巻きを口に入れて、響はふっと微苦笑をした。ハルトからはもう、以前のような嫉妬心も悪意も感じない。初めてハルトに会った時のように、花森がなによりも大事、ただそれだけ、というスタンスに戻っている。

(メンテナンスしたって、言っていた……)

サガミから、ハルトの不具合……人間返りを聞かされた花森が、ハルトに選ばせたのだという。嫉妬を抱えたまま永遠に箱に入っているか。それともメンテナンスを受けて、もう一度ただの人形に戻るか。

(ハルトさんは、人形になることを選んだって……)

たしかに響への嫉妬を抱えたまま箱にしまわれ続けるのはつらすぎるだろうが、元の人形に戻る……感情を失うことを選んだということは、花森の正妻を自任していた自分より、贅沢のできる境遇を選んだということだ。

(恋より、物、か……)

悲しいな、と響は思うが、ハルト自身がそれで幸福ならいいのだとも思った。なにを幸せに思うかは、人によってこんなにも違うのだ。

海苔巻きを頬張りながら、メンテナンスをされてもハルトの気配りはさすがだと感心した。自分なら、お茶漬けと言われたらお茶漬けを用意してしまうところだ。相手に食事をとる時間がない、歩きながら食べることになるだろう、それなら海苔巻きを、などと、思いもつかない。さすがに花森から屋敷のことを任され、取り仕切っている人は違うなぁと思った。ただ、奥様、と呼ばれることには、いつまでたっても馴れない。

最後の海苔巻きを口に入れると、空いた皿をすかさずハルトが引き取る。口の中の海苔巻きをごっくんと飲みこんで、屋敷表の大廊下に出た。これは玄関から真っすぐに奥の広間につながっている廊下で、外から来た人間が唯一自由に行き来してもいい廊下だ。ふだんは掃除係の人形たちが静かに仕事をしているだけなので、おい、と知っている声で呼び止められた時は、響はビクッとするほど驚いてしまった。誰、と思って顔を上げてみると、なんと西條だった。西條も驚いた顔で響を見つめた。

「響か？　本当に響か？」

「西條さん、ご無沙汰《ぶさた》しています。その節はお世話になりました」

すらすらと響は答えて頭を下げた。以前の、つっかえつっかえ話す、おどおどしていた響とは別人のようだ。目を伏せることもなく、まっすぐに西條を見る。その変化にますます驚いて、西條は尋ねた。

「どうしたんだおまえ、急に姿を見せなくなって。心配してたんだぞ」

「すみません。実は事故に遭って大怪我をしてしまって。しばらく入院していたので、お店に連絡もできなくて。怪我が治ってから大学へ行こうと思い、真面目に勉強をしていたのもので、お店のほうもそれっきりになってしまったんです」

「事故？　事故だと思ってたのか？」

「え……、と？」

「ああ、いや、いい。入院してたって、もう平気なのか。すっかり治ったのか」

「はい。すっかり元どおりの体です」

ふふ、と響が笑うと、控えていたハルトもクスと笑う。勘のいい西條は、なにかいやな予感を覚えながらも、笑みを作った。

「そうか、元気ならいい」

「いろいろ面倒を見てもらったのに、西條さんにも連絡できなくて、すみませんでした」

「いいよ、入院してたんだろう。看護婦にでも言って、俺に電話してくればよかったんだ。いい部屋に入れて、いい治療だって受けさせてやったのに。金はどうした、入院費。どっから借りてんのか。俺が払ってやる」

「いえ、それは大丈夫です、ありがとうございます」

「大丈夫っておまえ、仕事は。今なにしてるんだ。いや、どうしてここにおまえがいるんだ」

「はい、今は夜の仕事はやめて、マンション経営のお手伝いをしているんです。その関係で」

「ああ、そういうわけか」

西條はニヤリと笑った。大方どこか大手のディベロッパーの役員でも、パトロンにしているのだろうと思った。

「響、戻ってこい。土地屋の爺《じい》さまの相手なんかつまらんだろう。おまえのおかげで俺は出世もしたし、昔よりいい思いをさせてやれるぞ。どうだ、うん？」

いいえ、と響が答えるより先に、ズイと前に出たハルトが軽蔑《けいべつ》しきった目で西條を見て言った。

「主人の大事な奥様に、よくもそんな不潔なことを言いましたね。主人に知られたらどうなるか、わからないわけではないでしょう」

「なんだって？　奥様？　奥様って、響のことか。なんだ響、土地屋の爺さまの奥様気取り……」

ふと、西條は言葉をとぎらせた。主人、主人だと？　そういえばさっき、自分を奥の広間へ案内したのは、この綺麗な男だった。この男は屋敷の使用人……、とすれば、主人というのは……、そして、その主人の奥様、ということは……。

理解した西條は目を見開いた。

「おまえ、ここの花の神ってヤツの、奥様に納まってんのか……。いつから……」

「あの……、ごめんなさい、実は西條さんに会う前から、なんです」

「……っ‼」

西條は露骨に、しまった、という表情をしてみせると、響に言った。

「花の神には、俺とのことは、内密にしといてくれないか」

「……ごめんなさい。もう全部知っています」

「……」

響が苦笑しながら答えると、今度は西條は渋面を見せた。自分には昔から裏表のない人だったと思い、響はほほえんだ。ヤクザ稼業はいただけないが、西條という男自体はいい男なのだ。西條は軽く溜め息をつくと、微苦笑をして響に言った。

「ああ、もう、バレちまってんなら仕方ねぇよな。罰金でもなんでも払うよ」

「罰金なんて。俺のほうこそ西條さんにはいろいろよくしていただいたんですから」

「社交辞令ってやつか。ずいぶんと口も回るようになったな。あの頃のおまえときたら、……」

笑いながら昔話を始めようとした西條は、その時ようやくそれに気づいた。ゾッとして言葉が出なくなる。響の容貌が、愛人として可愛がっていたあの頃と、まったく変わっていないのだ。いや、垢抜けて、目にも知的な光が宿り、あの頃よりもはるかに艶麗だ。が、歳を取っていないように見える。十年前のままだ。西條は無意識に唾を飲みこんで、無理やり笑みを作って言った。

「いや、響、そろそろ三十になるだろう？　若いまま……で、羨《うらや》ましい……」

「そうですか？」

響はうふふと笑うと、妖しい目つきで西條を見つめて答えた。

「どうも主人からもらう養分が強力らしくて、衰えないんです。俺は、花ですから」

「……」

西條は息を呑んだ。花……、夜の花など迷信だと思っていた。花の神とは大物フィクサーのことだと。だがそれでは、老いない響の説明がつかない。花の神から養分を貰う、枯れない花、という意味は……。

「夜の、花は……、花の神の、ものだと……見つけたら、大事に扱えと……、運気が上がるから……」

「西條さん、昇進なさったそうですね。組長になったとか」

「……ほ、本当にいたのか、花の神……」

西條はうめくように言った。たしかに響を愛人として可愛がってから、金になる大きな仕事をいくつも成功させた。組長が急に本部へ取り立てられて、空いた席に若頭を飛ばして補佐の自分が指名された。自分でも怖くなるくらいにとんとん拍子だった。それはすべて、響を、夜の花を、大切に扱っていたからか？　花の神からの褒美だったのか？

茫然とする西條に、ハルトが厳しい声で言った。

「主人を迷信だと思っているのなら、どうぞ、お帰りくださって結構です。主人にもそのように申し伝えますから」

「いや、いや、申し訳ない……っ、響、いや、響さんっ」

西條はその場にガバッと土下座をした。さすがに驚く響に向かい、西條は床に額をこすりつけて許しを乞《こ》うた。

「も、申し訳、ありませんっ。どうか奉賛会《ほうさんかい》にっ、参加させてくださいっ。どうか、どうかっ」

「顔を上げてください、西條さん、大丈夫ですから。奉賛会に出るのは今年が初めてでしょう？　知らなかったんですし、主人はそんなことで怒るような人じゃないですから」

「申し訳ありません、申し訳ありませんっ」

「本当に、大丈夫ですから。俺もそんなこと、わざわざ主人に言いませんし、安心してください。それじゃ俺、用意があるので、これで」

土下座を続ける西條に困り果てたことと、ハルトに時間がないと促されたことで、響はその場に西條を残して足早に花森の部屋へ向かった。

「花森さん、すみません、遅れてしまって」

「ああ、響。久しぶりに顔を見た。こちらにおいで。さあ、わたしの腕の中へ」

「久しぶりって、朝まで一緒にいたじゃないですか」

響はクスクスと笑って花森の腕の中に身をあずけた。響は屋敷ではなくマンションで生活している。当然花森も響のそばにべったりだが、神様が自分の坐所を丸っと空にしてしまうわけにはいかない。そこで響が会社に行っている間は屋敷に戻る、それ以外の時間はマンションで響とベタベタするという、いったいどこが花神の坐す場所なのか、わからないような暮らしを送っているのだった。

ひとしきり花森に抱きしめられ、たっぷりとした口づけを受けた響は、時間がありません、というハルトの冷たい言葉でハッと我に返った。待たせておけばいいよと言う花森に、駄目です、と答え、無理やり抱擁から逃れて急いで着替えにかかった。

西條は奉賛会と言っていたが、正確には収穫祭だ。例の、米や作物の代わりの現金を奉納させる日だ。いわば花神のメイン事業なので、収穫祭の日の花森は正装をする。基本形は袍服だ。色鮮やかな花鳥の刺繍を施した袍の下に、薄絹を何枚も重ねた裳《も》を穿いているので、足元に雲がまとわりついているようにも見える。そうして蜻蛉《かげろう》の羽のような透けるほど薄い生地でできた衫《さん》を羽織ると、花神フォーマルの完成だ。

響は神様でもなければ神職でもない、ハルトふうに言うなら奥様で、花森とはごくごく私的な関係だ。だからフォーマルの花森と並んで違和感を感じさせない服、花森オリジナルのお衣装を着る。

(屋敷に住んでた頃のコスプレの進化版みたいなものだけど)

わかりやすく言えば、スカート部分をワイドパンツにしたマキシワンピース、の上に、前身頃がヘソまで、後身頃は踵《かかと》まで丈のある袍を着る。その袍の刺繍が、花森の袍と色違いになっているので、ペアルックになってしまっている。

(花森さんて、こういうところで俺の所有権を見せびらかすよね……)

しかも、そんなつもりはありませんよ、とそ知らぬ顔でしでかすのだ。溜め息を飲みこんだ響は、そういえば、と前々から不思議に思っていたことを尋ねた。

「花森さんの服とか、俺のコスプレ衣装とか、漢族とか旗人の衣装のアレンジに思えるんですけど、花森さんて、やっぱり大陸から来た神様なんですか?」

大学でしっかり学んできた響は、質問も具体的になっている。花森は神事用の美しい衣装を身につけて、まさに花のように艶やかになった響に目を細めて答えた。

「いや？　人間など、わたしが現われてからずっとあとになって出てきた生きものだよ。ついこの間生まれた生きものの文化に、わたしが影響されるわけがないでしょう？」

「ん？　……あ、そうですよね、服飾文化ができる前から花森さんはいるんですし……。ていうか、花森さんが生まれた頃は、日本と大陸はつながってましたよね。それならどうして、こういう服を着ているんですか？」

「今のところのお気に入りだからだね。このように美しい生地で服を仕立てるなら、袍が一番だ。女の服ならどの時代、どの民族のものでも美しいのだけどねぇ」

「そういう理由なんですか……」

「漫画に素敵な服がよく出てくるからね。それを元に作らせている。漫画は素晴らしいよ、響」

「それは俺も、思います……」

この美しい姿で、しかも神様が、年中漫画雑誌を読んでいる理由を初めて知った。お衣装のデザインブック代わりなのだ。週に何冊も新刊が出るのだから、暇つぶしにもいいのだろう。それはいいが、おかしなものにハマらなければいいと危惧《きぐ》もした。コスプレさせられるのは、どうせ響なのだ。

花森はふふふと笑うと、響の肩を抱いて言った。

「さて、響。神様のお仕事をすませにいこうか」

「はい」

響もほほえんでうなずき、広間へと向かった。

広間の上座は、神坐として一段高くなっている。そこに置いた椅子に、花森がいかにも面倒くさそうに腰かけるので、響は薄絹の御簾《みす》を下ろしながら叱《しか》った。

「年に一回のお仕事でしょう？　そんないやそうな顔をしないでください」

「だってわたしは座っているだけだよ。それこそ人形を置いていたって、誰も気づきやしないと思うけどねぇ。そうだ、響もここへおいで。わたしの膝に座って。ね？」

「俺は人間で、しかもアシスタントです。神様と同席してどうするんですか……」

「うん？　響に口づけたり、響の体に花を咲かせたり。御簾の内側に界を張れば、響の可愛い声も向こうには聞こえない。ね？」

「ね？　じゃないです。そんなはしたないことを言わないでください。俺が言っても聞かないなら、ハルトさんに叱ってもらいますよ」

「ハルトの小言はやかましいからねぇ。そうだ、今日からハルトのことを、ばあやと呼ぼうか」

「……絶対、絶対いやです」

響はゾッとして首を振った。そんなことをしたら、ハルトから意地悪姑《しゅうとめ》並みのいやがらせを受けることになる。その時、

「ばあやならここにいます」

ハルトの声が聞こえたので、響は飛び上がるほど驚いてしまった。振り返ると、ハルトはまさに人形じみた綺麗な顔に冷たい表情を乗せて、なぜか響を睨むのだ。響は小さく首を振りながら小声で言った。

「ち、違います、は、花森さんが……」

「もうずいぶんと時間が過ぎています。会員の皆さんを入れます、奥様も席に」

「はい、すみませ……」

慌てて御簾の手前、花森の正面を避けて置いてある椅子に腰かけた。やっぱりばあやというより姑だ、と思ったことは絶対に知られてはならない。

ハルトが室内の主照明を落とし、なんとかあたりの様子をうかがえるという程度に暗くする。一番最初にこの収穫祭の手伝いをした時、明るいと人の性根が見えないからだと花森に言われた。花の神というと明るい陽《ひ》の下《もと》で大活躍、というイメージがあるかもしれないが、大切なのは根。だから本当は根の神と名乗るべきなのかもね。そう言って意味ありげにうふふと花森は笑ったのだ。深く考えるととても恐ろしいことになるので、とりあえず響は聞かなかったことにした。

ともかくもひどく薄暗い部屋で、ハルトが漆塗《うるしぬ》りの巨大な舞良戸《まいらど》をゴロゴロと開けると、スリムというより枯れた感じの年配の男が、ひどく緊張した様子で入ってきた。都心部の再開発を次々と手掛けている不動産会社の社長だ。男は板戸際《いたどぎわ》に正座をすると、手をついて頭を下げた。

響は男に言った。

「都心最後の再開発と言われているT区の開発許可、やっと下りましたね、おめでとうございます。主人への奉賛金も増え、今年は十六億、納めていただきました。ありがたいと思っています」

「……」

男がさらに頭を下げた。たいていはこうして、花森の代わりに響が一言、二言、奉賛を労う言葉をかけて終わる。男も馴れていて、帰ろうと立ち上がろうとしたが、そこでふいに響は言った。

「ところで、K町のビルですが」

響の言葉で、男の肩が目に見えて緊張した。K町のビルとは、権利関係が複雑すぎて、二十年以上、売買も取り壊しもできず放置されている、都心の超一等地の廃ビルだ。

「つい先日、手に入れたようですね、苦労したことでしょう。占有屋も綺麗にいなくなっていましたし、来月には取り壊しにかかれますね。ところで奉賛金にその土地の分が入っていないのですが？」

「……っ」

男の体がビクッとふるえた。床についていた手が、無意識だろうが握りしめられる。どうしてそれを知っているんだ、まだ登記だって完了していないのに、と思って動揺しているのだろう。花森が御簾の向こうで、ぷっ、と小さく噴いたので、ああこの男も花森の存在を信じていなかったのか、と響は思った。高額所得者上位常連で、祖父の代から奉賛会に出ているこの男ですら信じていなかったのだから、西條が迷信だと思っていたのもうなずけるというものだ。響が溜め息をこぼすと、ふいに花森が口を開いた。

「ついうっかり、忘れていたのだろう」

「……っ!?」

ガバ、という勢いで男が顔を上げた。驚愕、という表情だ。御簾の向こうに本当に「なにか」がいるなど、思ってもいなかったのだろう。花森はおかしそうに、のんびりと言った。

「K町の件、教えてくれた花に感謝をしたほうがいいだろうねぇ。ついうっかりでもわざとでも、わたしには関係がない。わたしに限らず神様というものは、もっともよい時期を狙って罰を下すからねぇ」

「……っ」

「忘れたわけではないだろう？　おまえの祖父がわたしに黙ってアパートメントを建てた時。

傾くしコンクリートにヒビは入るし、結局誰も住めなかったねぇ。あれで一度、会社が駄目になったのではなかったかな」

「……っ、は、はいっ、はいっ。祖父から、祖父から聞いております……っ」

「おまえも同じ轍《てつ》は踏まないように。これからは気をつけなさい」

「も、申し訳、ありませんっ、申し訳ありませんっ、後ほど必ずっ、本日中にっ、不足している奉賛金を納めにまいりますっ」

血の気を失った顔に脂汗《あぶらあせ》を浮かべて、男が平伏した。ではそのように、という響の言葉で、男は平伏したまいざって部屋を出ていった。板戸が閉まったとたん、花森がふふと楽しそうに笑った。

「K町のビルのこと、指摘ができて、よかったねぇ、響。毎日車で走り回っている甲斐があったね」

「……俺が現状確認に行かなくても、花森さんは全部知ってるでしょう？」

「まあ、わたしの庭のことだし、あちらこちらからご注進もあることだしね」

「……ですよね。現状の確認くらいしか、俺、花森さんを手伝えることがないのに、全然、役に立ってない……」

「そんなことはない、そんなことはないよ」

花森の役に立ちたいという響の夢と希望は現在も健在なので、手伝いが無意味だと言われた響はたちまち落ちこんでしまった。花森は慌てて慰めにかかった。

「先ほども、ほら、占有屋のことを言ってくれたでしょう？　あの男、とても動揺していたよ、響が見てきてくれなければ、ああはいかない。そうだろう？　ね？」

「……」

「それに、ほら、響はとても親切だ。ね？」

「……俺が？」

「そうだよ？　あの男に小賢しいことをするなと言ってやらなくとも、T区の素敵な素晴らしいビルが完成直前に崩落したら、慌ててわたしのところへ頭を下げにくるのに。そうなる前に響は教えてやった。親切だろう、ね？」

「だって……、K町の土地のことを黙っていたお仕置きをするにしても、T区みたいなあんな都心でビルを崩したら、工事の人とか通行人とか、関係ない人を巻きこむじゃないですか……」

「うん？　それがなに？」

「……もう」

花森はとぼけるのではなく、心底わからないという顔をするのだ。神様は人間のことなどどうでもいいのだとつくづく思って溜め息をこぼすと、まだ響のご機嫌が直らないのだと思った花森が、御簾を出てあやしにこようとする。響は、座っててください、と花森を叱り、次の人を入れるようにハルトに合図した。

次々と、関東中で土地を活《い》かして利益を得ている人々……土地開発業者はもちろんのこと、鉄道会社の社長やらゼネコンの会長、大手小売業の創業者だの、長者番付の常連ばかりが花神詣《もう》でにやってくる。その全員が、企業の年間純利益の一パーセントを奉賛金として納めてくるのだ。当然どこも億単位だ。響は最初、ぼったくり、と思ったが、ビルにしろマンションにしろ、ショッピングセンターにしろ鉄道設備にしろ、とんでもない広さの土地を花森から借りていることになるのだから、路線価から考えれば破格の地代になるのだ。

延々と借地人からの挨拶を受け、響が簡単に答えていく。まさか居眠りをしているわけではないだろうが、花森は御簾の内側で、声をかけるどころか身動きすらしない。奉賛に来た人のいったい何人が、ここにいるのは置物ではなく花神本人なのだと信じているだろう。響はおかしくも哀れに思い、小さく笑った。

「花森さん、次で最後です。……起きてますか？」

「起きているよ。響を眺めている。座っている姿も、喋る顔も可愛いねぇ。最後の者くらいハルトに任せて、響はわたしの膝に、……」

「ハルトさん、最後の人を入れてください」

場所を考えない花森の可愛い攻撃に顔を赤くして、響は花森の言葉をさえぎって、最後の会員を待った。

最後に入ってきたのは西條だった。見るからに怯えている。いきなり土下座をした西條に、響は気の毒になって言った。

「西條さん、大丈夫です。花の神は、怒っていませんから……」

「は……、はい……」

「西條さんが俺によくしてくれたこと、花の神も知っていますから。そうですよね、花森…、いや、えと、花の神様？」

響が振ると、花森はふふと笑って言った。

「怒ってはいない。それどころか、誉めてやろうと思っていたよ」

「……ッ‼」

まさか神様から声をかけられるとは思っていなかったのか、西條は土下座のまま固まった。花森は言った。

「わたしの花を大切に扱ってくれたね。よくない虫がつかないようにしてくれた。わたしの花を踏み躙《にじ》った虫を退治もしてくれた。嬉しく思うよ」

「は……」

「褒美は、満足したか？」

「は、はい、はいっ、ありがとうございますっ」

「うん。ところで、わたしの花は、美しかっただろう？　淫乱で」

「……っ」

「またしばらく、おまえに預けてやろうか」

「い、いえっ、いえ……っ」

西條は土下座したまま体をふるわせている。響は溜め息をついた。花森は神様のくせに、どうしてこういう弱いものいじめのような嫉妬の表し方をするんだろうと思いながら、西條に言った。

「西條さん、もうお帰りになって結構ですよ。C区の土地の転売、うまくいくといいですね。ではまた来年、ここでお会いしましょう」

「は、はいっ、失礼いたします…っ」

西條たちが資金を出している、政治家絡みの土地転がし。決して表には出ない話を響に言われ、西條は声までふるわせて部屋を出ていった。

とたんに花森が椅子を立ち、御簾を跳ねあげて響のそばにやってきた。ひょいと響を抱き上げて、やれやれという表情で言った。

「やっと終わったねぇ、退屈だった」

「退屈だからって西條さんをいじめたんですか？」

「いじめていないよ。それどころか響を貸そうかと、言ってやったじゃないか」

「それがいじめなんです、貸すつもりもないくせに……」

「おや？　淫乱については怒らないの？　自覚があるのかな？」

「……誰の、せいだと……」

もちろん自覚のある響は、恥ずかしくて顔を赤くして花森を睨み、花森にふふ、と笑われた。

花森の部屋に到着する。人形たちの箱は続きの部屋に移されているし、窓もたっぷりと設けてくれたので、今は明るくて居心地がいい。どちらの気遣いも響のためだと、ちゃんと響はわかっている。花森が、ベッドと、これまた響のために設置したソファセットを交互に見ながら言った。

「夕食にはまだ早いからねぇ。お茶にする？　それともセックスにする？」

「お、お茶がいいですっ」

「残念。ハルト、お茶を」

花森は本当に残念そうな表情でハルトに命じ、響を膝に乗せてソファに腰かけた。さりげなく服の上から体をまさぐられて、ハッとした響は、駄目、と言ってその手を掴んだ。

「お茶を飲むんでしょう？　もう……。ところでさっき西條さんに言ってたことですけど……」

「うん？　どのこと？」

「花に虫がつかないようにしてくれた、っていうのは、なんとなくわかるんです、あの当時、俺は西條さんの愛人だったから、手を出すなって言って守ってくれた、っていう意味……」

「うん。合っている」

「じゃあ、花を踏み躙った虫を退治、っていうのは？」

「ああ。桑島を、橋の土台のコンクリートに埋めたという意味だよ」

「……」

とんでもないことを言われて、響はゾッとしすぎて言葉も出ない。花森はふっと笑うと、固まってしまった響をなだめる、というよりも、やはりふしだらな手つきでさわりながら、続けた。

「響が姿を消したのは、桑島のせいだよ、というようなことをね。ちらり、と西條の耳に入れてみたら、まあ、そういうことになった」

「だ、だって、たぶん、桑島さん……、俺がなにされたかなんて、きっと知らなかった……」

「まったくねぇ。わたしの大事な響を痛めつけろ、だなんて、曖昧な指示しかしないから、響がどうなったのか、どこにいるのかも知らない、わからないということになる。だからそう言うしかなかっただろうね。西條にしてみれば役に立たない上に、可愛い響に手を出されて怒り心頭というところでしょう。それで橋の土台に捨てられたのじゃない？」

「……」

「まあ、西條はよい仕事をしてくれたね。わたしの花を粗略に扱うとどうなるか、よくわかったことだろう」

「……」

わかったところでコンクリートの中だ。神様というものが畏るべき存在なのか、ヤキモチ妬《や》きの花森が怖いだけなのか、響はあえて聞かなかった。

「でも、どうして夜の街にだけ、花神の花伝説があるんでしょうね……。俺、いろいろバイトしてましたけど、夜のお店で働くようになって初めて、夜の花っていうの、聞きました」

「下ネタに絡んでいるからじゃない？」

「シモ……」

神様がそんな下品な言葉を使うとは思わなかった。響がいい大人とも思えない初心な様を見せて耳を赤くすると、花森は微苦笑をして説明した。

「昔の人間はね、見たこともないめずらしくて美しい花を、花神の花だと思っていたんだ。突然変異、まあ、神のいたずらで、一重しか咲かない花が八重で咲いたとかね。春に咲く花が冬に咲いたとか」

「神のいたずらって、花森さんのいたずらでしょう……」

なんて人、と思う響に、クスクス笑いながら花森は続けた。

「そういう花神の花を大切にすれば、褒美が与えられる、まあ、豊作になると信じられていたんだよ。豊作だとお金がたくさん手に入る、商売繁盛、運気上昇、という具合に意味合いが変わっていった」

「わかります」

「そうして財を成した人間が、花街へ繰り出すだろう？　あの男は花のおかげでお大尽《だいじん》になれたと噂が流れ、さてそのありがたい花とはなんだとなれば、花街に集まる男の考えることなど一つだよ」

「あー……、お大尽の相手を務める、一番人気の女性……」

「花のように美しい夜の女は、男に運気をもたらす、ということになったのでしょう。そうだね、今風に言うならアゲマン、になるのかねぇ？」

「ア、アゲ…っ」

「そういう下ネタ絡みだから、花街でしか語り継がれていないのだろうね。噂が消えてなくならないのも、奉賛金を納める者たちが、現実に今もいるからねぇ」

「そういうことでしたか……。でも俺、男です。男なのになんで……」

納得できないといったふうに響が口をとがらせる。花森はニヤニヤと笑いながらその唇をつまんだ。

「わたしの花だよ。本物の、花神の花だ。そのへんの美人など目じゃないさ。しかも」

「んん？」

「流されやすくて、頼りなくて、幸が薄くて……、守ってやらなければと男に思わせる儚《はかな》さ。フル装備だよ。これに引っかからない男などいないでしょう」

「…、引っかけるとか……俺べつに、なにもしていなかったし、…」

「だろう？　男を捕まえにいくのが蝶。男に手折られるのを待つのが花。さて、わたしの大事な花に、たっぷりと養分を与えようか」

「え、あの、待ってください、俺、一度会社に戻らないと……っ」

訴えてみたが聞く花森ではない。響をポンとベッドに放り、手際よく衣服を剝いでいく。

「会社に戻ってどうするの。とっくに終業時間を過ぎているよ」

「でも、戸締まり…っ」

「そんなもの。ハルトが誰かにやらせるよ」

花森の言葉を聞いて、ハルトが黙って部屋を出ていった。花森は神様らしからぬいやらしい笑みを浮かべた。

「さあ、邪魔者はいなくなった。奉賛会で疲れているだろう？　花の神純正の、濃い養分。飲みたくはない？」

「あ……」

響の喉がゴクリと上下した。花森に愛され、身内に花を咲かせる響にとって、花森が与えてくれる特濃の養分は、麻薬に等しい快楽と充足感を与えてくれる。想像しただけで、響の体に薄く、花柄が浮かんだ。花森は目を細め、ゆっくりと服を脱ぎながら言った。

「いつも胸やお腹《なか》に咲く花を見ているからねぇ。今日は背中の花を見せて？　うなじとか、お尻もよく見えるといいな」

「あ、はい……」

バックで抱かれると思った響は、顔を赤くしながらうなずいた。今でも花森は騎乗位を好むが、なにしろ絶倫なので乗っかる響は疲労する。今日はバックでよかったとほっとした。しかし、じっくり響の花を堪能《たんのう》する、という花森の騎乗位好みは、まだまだ去っていなかった。

「や、や、やっ、な、なんで…っ」

「言ったでしょう？　響の背中とお尻の花が、よく見たいって」

後ろからじっくりと挿入された響が、甘い吐息をこぼしたところで、ヒョイと抱き起こされた。そのまま花森の上に乗せられて、結局はバックで騎乗位だ。しかも花森に手首を摑まれて前にも逃げられず、微妙に仰け反る体勢で下から突かれる。花森の摑み加減で深くまでいっぱいにされたり、浅いところの弱点をゴツゴツ突かれたり、いいようにコントロールされる。

「あっあっ、やっ」

「ああ、綺麗だね……肩甲骨《けんこうこつ》にジャスミンが絡まっているよ。スイセン、クチナシ……お尻も可愛い。八重のボタンイチゲが咲いている」

「ひ、あっ、…いく、いく…っ」

「もういくの？　早いねぇ……、また蜜を入れてあげようか？　それからコケサンゴの実を一つずつ入れて、蓋をしてあげる。三つ、四つは入るだろう」

「…っ、や、やだ、いや……」

「大丈夫だよ、中の圧力で勝手に出てくるから。響の後ろもわたしでいっぱいになって、気持ちいいでしょう？　前も同じ。拡げられるの、気持ちいいから。響、暴れないでいい子にして」

「あ、あ、やだぁっ」

掴まれていた手首を後ろに回され、花森が羽織っていた薄衣の袖でくくられてしまった。体を起こした花森に抱き籠められ、花森の根元までぎっちりと埋めこまれる。

「あ…あ、深い、深、い、や……」

「ああ、少し漏らしてる。後ろ、いっぱいで気持ちいい？」

「や、や、手、ほどいて……」

「こちらもいっぱいにしてあげる。今日はボタンの蜜だ。響の体に合うといいけどねぇ」

「やだやだ、いや…、ヒ、ヒィ…ッ」

うふふ、と笑った花森が、例の美しい注入器で響にボタンの蜜を流しこんだ。

「あ、あ、熱い、熱い、いや、いや…っ」

「ふぅん？　ボタンだと強すぎるのかな？　でも刺激になっていいよねぇ」

「あ、あ……、出したい、もう出したいっ、出したいぃ…っ」

「さあ、コケサンゴの実を入れてあげよう」

「いや…、いやいやっ、あぁぁっ」

鮮やかなオレンジ色の小さな実が、ボタンの蜜を垂れ流す小さな穴に押しこまれる。一つ、また一つ。無理やり尿道を拡げられる感覚に、響はゾクリとした。こんなところまで花森に犯されているのだと思うと、たまらなく感じる。花森が低く笑った。

「後ろがキュンと締まったよ。可愛い響……、わたしにならなにをされても悦いんだねぇ」

「あ…あ…出る……、出、てく……」

「本当だ、一つ出てきた。可愛くて、とてもいやらしいね。でも、どうしても響のそこには花が咲かないねぇ。かなりいじめてきたつもりなんだけれど……」

「ああ、あああっ、また出る……出るぅ…っ」

「うん。わたしが下から突いてあげよう。そのままいってごらん。響の蜜とボタンの蜜と、コケサンゴの実。たくさん出したら、きっと花が咲くほど気持ちがいいよ。ねぇ？」

「あっ、あうっ、ああっ」

勝手なことを言う花森に腰を摑まれ、持ち上げられて落とされて。グチュグチュと卑猥な音を聞かされながら、入口をこすられ、深くまで押しこまれ、いいところをえぐられる。前は破裂しそうなほど張り詰めて、挿入された異物が熱とジンジンとするうずきをもたらす。

「あっあっ、いく…っ、も、いく、いく、いくぅ……っ」

「うん、いってごらん。さて、花は咲くかな？」

「…っ、ヒィあぁ……っ」

タマサンゴの最後の一つがトロリと落ちると同時に、響は全身を痙攣させて、大量の蜜を噴きだした。寒気がするほどの強烈な快感に呑みこまれ、花森に犯されたまま、響は意識を飛ばした。

優しく髪をいじられる感触で、響は意識を取り戻した。花森の胸に抱かれて横たわっている。後ろの穴からも花森は抜かれていた。

「……花森さ……」

「ああ、気がついたね」

チュ、と額に口づけて、花森はほほえんだ。

「気絶するほど悦かったんだろう？　それなのに、どうしても響のあそこに花が咲かないんだよ。それで考えたんだけれど、蜜ではなくて、ハスの茎を挿れてみない？」

「な、に……言って……」

「響のお尻の中に、いいところがあるでしょう？　そこをねぇ、響のあそこから挿れたハスの茎で、いじめてみようかなって。たぶん響は怖がって暴れてしまうから、そうするとあそこの中を傷つけてしまって危ないでしょう。だから身動きできないように、きっちりと拘束して……、うん？　響？」

「……っ」

響は握った手を目にあてて、子供のようにポロポロと涙をこぼした。花森のくせに、神様のくせに、どうしてそんな怖くて変態のようなことをしようと思うのか。どうして自分にやろうとするのか。大事だとか、可愛いとか、嘘なのではないか。そう思って、いやだし悲しくて、響は声を殺して泣いた。

花森は可愛い響を泣かせてしまったことに大いにうろたえ、慌てて響をなだめにかかった。

「響、響、泣かないで。ごめんね、怖がらせて」

「……っく……」

「大丈夫だよ、今日はもう、なにもしないから。ね？　大丈夫、大丈夫……」

優しく響を慰めていた花森だが、響の頰をこぼれ落ちる涙が、途中からふわっと花びらとなって舞う様を見ると、キラリと目を光らせた。それでも口調は優しく、響をあやす。

「ごめんね、響、ごめん。さあほら、抱きしめてあげるから、泣きやんで」

「……」

「可愛い響。本当にもう、涙までこんなに可愛くて。響が可愛すぎてわたしはどうにかなってしまいそうだよ」

「……んん……」

花森の広い胸にキュウと抱き籠められると安堵する。ようやく涙を止めた響は、ほう、と熱い吐息をこぼして花森に甘えた。けれど響は気づいていない。優しく優しく響を甘やかす花森が、響を泣かせて涙の花びらを見る、という、悪質な愉《たの》しみを発見してしまったことを。

あとがき

わーい、こんにちは、花川戸菖蒲です。今日は人形好きな変態神様にロックオンされてしまった男の子と、その変態神様の、出来上がってみたからエロ味過多になっていたお話をお届けします。

主人公の響は、家族から非常に虐げられて育ったため、主体性のない大人になってしまった子です。それゆえ東京へ出てきてからも他人に流されるまま、ダメな子人生を邁進していました。ただ、すごく美人だったせいで、色恋絡みの修羅場に巻きこまれてしまいます。その修羅場でひどい目に遭った響を、変態神様・花森が見つけます。響の美貌に惹かれた花森に拾われた響は、妖しい雰囲気のお屋敷に連れていかれるのですが、そこで恐ろしい事実を知ることに。なんとか逃げようとするのですが——。花森のなにがどう変態なのか、響は無事でいられるのか、どうぞ本編をお読みください。

イラストを描いてくださった水貴はすの先生♪　水貴先生に描いていただくことが決

まった時、よし、せっかくだから美形でスタイリッシュな男たちが活躍する、都会的な（笑）王道ラブストーリーにしよう！　と思っていたんですが、己れの書き欲に従ったらこんな話に……。でもでもっ、美形カップルを描いていただけてすごく嬉しいです‼　水貴先生に変態を描いてもらうという昏い喜びも満たされました、ありがとうございました♪　担当の佐藤編集長、今回は（今回も、ですね…）好き勝手に書きたい話を書かせてくださってありがとうございました。タイトルもありがとうございました。没になった初回タイトル案を皆様にもお知らせしたい‼　爆笑を抑えきれないほどの衝撃でしたよ（悪笑）。

ここまで読んでくださったあなたへ。今回はエロ成分が多くてごめんなさい、どうしても必要だった。いろいろ趣味に走ってしまったお話だけど、楽しんでくれたらいいな。こういう世界が好きだったら、ぜひ語り合いたい‼　居酒屋の座敷をリザーブしておくよ‼

二〇一四年十一月二〇日　花川戸菖蒲

花川戸菖蒲先生、水貴はすの先生へのお便り、
本作品に関するご意見、ご感想などは
〒101-8405
東京都千代田区三崎町2-18-11
二見書房　シャレード文庫
「夢見る快楽人形」係まで。

本作品は書き下ろしです

CHARADE BUNKO

夢《ゆめ》見《み》る快楽《かいらく》人形《にんぎょう》

【著者】花川戸菖蒲《はなかわどあやめ》

【発行所】株式会社二見書房
東京都千代田区三崎町2-18-11
電話　03(3515)2311[営業]
　　　03(3515)2314[編集]
振替　00170-4-2639
【印刷】株式会社堀内印刷所
【製本】ナショナル製本協同組合

落丁・乱丁本はお取り替えいたします。
定価は、カバーに表示してあります。

ISBN978-4-576-14172-5

http://charade.futami.co.jp/

CHARADE BUNKO

スタイリッシュ&スウィートな男たちの恋満載

花川戸菖蒲の本

あまり、オジサンをからかわないでくださいよ

年上マスターを落とすためのいくつかのマナー

イラスト＝山田シロ

神楽坂にあるバーの雇われマスター・待鳥目当てに足しげく店に通う銀行員の橘川は、待鳥の年齢以上に枯れた風情が醸し出す無自覚の色気に当てられた一人。しかしエリートで見目もよい橘川のデートの誘いは空振りばかりですっかり困った客扱い。本当に待鳥は恋愛に興味なし？　それとも――!?